正義の天秤

アイギスの盾

大門剛明

角川文庫
22275

CONTENTS

師団坂法律事務所ルーム1

●在籍弁護士一覧

鷹野和也……元医師で切れ者。華々しい経歴と実力の持ち主。

佐伯芽依……事務所の創設者であった名弁護士の娘。生真面目。

杉村徹平……運と要領がいい若手。ニートから転身。

桐生雪彦……容姿端麗、頭脳明晰な元裁判官。あるトラウマを持つ。

梅津清十郎……六十歳過ぎ。刑事をやめ弁護士になった人情派。

序

きっとこれが俺にとって最後の法廷だ。

襟元の弁護士バッジを軽く撫《な》でると、扉を開けた。

弁護人席に座り、鞄《かばん》から資料をとり出す。読む気もないのに、まじめくさった顔をしてめくっていった。

証言台の向こうには既に検事が着席している。風呂敷包《ふろしきづつ》みをほどいているところだった。軽く視線を送るが気づいた様子はない。傍聴席に人は多くないが、被告人の親が最前列の左隅に座っている。目が合って会釈した。

やがて扉が開き、被告人が姿を見せた。

腰縄を解かれ、手錠を外される。刑務官に両脇を固められて目を閉じている。

検事側の傍聴席、最前列には被害者遺族がいた。

遺影を抱きしめながら、被告人を刺すような目でにらみつけている。今にも飛びかかってのど元に匕首《あいくち》でもつきつけんばかりの表情だ。

俺は無言のまま、彼らに語りかけた。

どんなに苦しかったことでしょう。被告人のことが憎いですか。殺してやりたい？　そうですよね。こんな極悪非道の被告人、赦《ゆる》せませんよね。わかりますよ。そしてそんな奴の弁護人である俺のことさえあなたたちは憎いでしょう。ごもっともです。ですが心配いりません。あなたたちの望みはかなうでしょう。俺は味方です。

息を一つ吐くと、もう一度、被告人に視線を送った。

キムラヒデユキ。

今、こいつは人一人の命を奪った罪で裁かれようとしている。

だが俺は知っている。こいつは二十六年も前に、三人を殺した。そしてその罪を着せられた男が死刑となった。彼の冤罪《えんざい》を晴らそうとした若き女性もこいつの手にかかった。実際に手にかけた人間だけで五人。こいつの代わりに死刑になった男、自殺したその関係者まで含めれば、いったいこいつのせいで何人死んだのだろう。史上稀《まれ》に見る凶悪犯がここにいる。

それなのにまったく証拠がないのだ。

愛する人を失ってからもう十五年。犯人を見つけ出し、復讐《ふくしゅう》することだけを考えて俺はずっと生きてきた。俺はこれからこいつを弁護する。

救うためではなく殺すために。

やがてひな壇奥の扉が開いて、裁判官と裁判員がぞろぞろと入ってきた。

法廷にいる全員が立ち上がり、礼。ひしゃげたカエルのような顔をした裁判長は、静かに口を開いた。

「では始めますか。被告人は前に」

促されて被告人はゆっくりと、証言台へと足を進めた。

俺はそもそも初めから弁護士失格だ。

被告人の人権を守り、正義を全《まっと》うする。崇高な職業であることはわかっている。だが俺はただ彼女を殺した奴を見つけるために弁護士になった。そうすることが一番の近道だと思ったからだ。

いつも思う。法廷とは不思議な場所だと。

殺し殺された関係者たちがほんの数メートルの距離で対峙《たいじ》する。それなのに無防備すぎじゃないか。

きっと被告人とのこの距離は問いなのだ。

物理的には憎い被告人を殺せる。だがそれでいいのか。あなたは破滅してもいいから被告人を復讐のために殺せますか、と常に問いかけられているのだ。そしてその問いに対し、みな涙をのんでノーと答えている。

だが俺は違う。

弁護士として終わるだけでなく、この身が滅んだってかまわない。それに弁護士は被告人を救うために全力を尽くす。そういう意味でこの極悪非道の男には死というものをくれてやることだけが救いなのではないか。

俺はふっと笑った。

いや、いくら何でも無理がある。そうだな。肯定しようとしたって、これはただの暴挙。俺は死刑に処せられても仕方ない罪を犯す。ここにいるのは弁護士じゃない。ただの殺人者だ。それでかまわない。

俺は愛する人のことを頭に浮かべながら、被告人を睨《にら》みつける。襟元の弁護士バッジを気づかれないよう、そっと外した。

第一話　アイギスの盾

1

エレベーターに向かう途中、段差につまずき足がもつれた。

なんとかこけまいとしてあがくが、勢いがついていて豪快に転倒。これが子ども向けアニメの雪山なら転がり続けたあげくにバケツを載せられ、雪だるまの一丁上がりだ。

「杉村《すぎむら》さん、大丈夫ですか」

冷めたセリフがずいぶん遅れて聞こえた。

「平気、平気、何ともないって」

何やっているんだという無言の視線を受けつつ、杉村徹平《てっぺい》はひざをさすった。

「ああ、桐生《きりゅう》くん、ちょっと待ってよ」

扉が閉じる前にエレベーターに乗りこむ。

東京の街並みを見下ろしながら、エレベーターで地下の駐車場まで降りる。さっそく、タクシーを拾った。

ついさっき、一人の被告人から弁護の依頼があった。

事件が起きたのは半年ほど前。依頼人には国選弁護人がついていた。だが取り調べが進み、公判の日程も決まったというのに突如として解雇。わが師《し》団坂《だんざか》法律事務所に依頼してきたのだ。急を要するということで、比較的手の空いていた杉村と桐生が出向くことになった。

「杉村さん、どうして依頼人は公判直前になってから、うちに連絡してきたんですか」

「このままでは殺人犯にされてしまうって、不安になったんだってさ。取り調べの際、自白してしまったそうだけど、今は否定しているんだって」

前任の弁護士から簡単に杉村が事情を聞いた。そのことについて話していく。

「とりあえず、本人から事情を聞いてみるしかないですね」

この青年は桐生雪彦《ゆきひこ》。

杉村より四つ下で、ジャニーズから来たような見た目だが、最高裁にいたトップエリートの元裁判官だ。もちろん東大出。一方、僕は無名私大卒の元ニート。二十代半ばまで引きこもり生活の末、大ヤマが当たり奇跡的に司法試験に受かったに過ぎない。同じ師団坂法律事務所の弁護士とは言え、あまりにも差がある。

嫉妬《しっと》心《しん》がないと言えば嘘になるが、僕の方が年上ということもあって気軽に頼みやすいし、よく助けてもらっている。桐生はいずれこの事務所のトップにもなるだろう。ほどよい距離感を保ちつつ、媚《こ》びておく方が将来的にはいい。三十五年生きてきてつかんだ座右の銘はもちろん、〝長い物には巻かれろ〟だ。

千葉市内の警察署に着いた。

受付で手続きをして接見室に向かう。

しばらくして遮蔽板《しゃへいばん》の向こうにサンダル履きの被疑者が顔をのぞかせた。小太りで髪がくしゃくしゃだ。名前は萩野《はぎの》正治《まさはる》。四十三歳で独身。高卒後、鉄道会社に入ったが、すぐに退職。そのあとは派遣の仕事をしていたらしい。何とも親しみのわく経歴だ。

「はじめまして。師団坂法律事務所の弁護士、桐生です」

　桐生が名乗った。杉村も続いて挨拶《あいさつ》する。萩野は杉村と桐生を交互に見つめながら、無言のまま軽く会釈した。うつむきながら上目遣いにこちらを見ている。ただ言葉は発しない。

「どうかしましたか」

「いえ、二人とも若いんだなって」

　第一声はこちらへの不信感だった。気持ちはよくわかる。国選弁護人を解雇してまで師団坂法律事務所に頼ったのに、やって来たのがこんな若造二人だったのだから。まあ、僕はともかく桐生の実力はピカイチだから心配することはない。

「さっそくですが聞かせてください」

　萩野の態度を気にするでもなく、桐生が切り出した。

「河本《かわもと》咲都子《さとこ》さんを殺していないというのは本当ですか」

　被害者は大手スーパーに勤める二十四歳の女性だ。午後九時半ごろ、仕事帰りの駅のホームから突きとばされて線路へ転落、回送列車にはねられて死亡した。

　事件には目撃者がいた。被害者、河本咲都子の同僚だ。通報を受け、警察が現場に駆け付けたところ、彼女が萩野を指さし、この人が突き落としたと証言したのだ。

萩野は目をそらしながら、鼻の頭ににじんだ汗をぬぐった。

「本当だ。殺してない」

桐生はうなずくこともなく、萩野の目を追いかけるように見つめる。裁判官として多くの被告人と接してきた桐生の真実を見抜く勘は鋭い。

「萩野さん、突き落とそうとしたわけではなくても、偶然ぶつかって彼女を転落させたということはないんですか」

杉村が問いを発した。萩野は目が合うとすぐにそらした。

「指一本、触れてないよ」

萩野はさかんに鼻の汗をぬぐっていた。

「警察の取り調べに対して、突き落としたと自白していますよね」

「それは……でもやってないんだよ」

自白調書が残ったのは問題だ。萩野がどういう経緯で自白したのかについては、あとで取り調べ映像を見て検討する必要がある。

「では事件発生当時の状況について、詳しく話してください」

桐生に言われ、萩野は話し始めた。

「仕事が終わって居酒屋で飲んだんだ。それで酔っ払って家に帰ろうと駅まで行くと、ホームで女の人が線路に落ちてはねられた」

「あなたは河本さんがはねられたところを見たんですね」

「それは、まあ」

「その時のことを詳しく説明してください」

ああと言ってから、萩野は記憶をたどった。

「ホームでふらふらしていたんだ」

萩野は左右に体を揺らした。

「大丈夫ですかって手を差し出されたんだが、その手を払いのけたんだ。そしたらホームに落ちて電車が来てはねられた」

杉村は目を瞬《しばたた》かせた。

「え？　じゃあ萩野さん、こういうことですか。あなたはふらふらしているのを心配してくれた河本さんの手を払いのけ、その勢いで彼女をホームに転落させたと。でも、はずみだったので故意はなかったと」

「何おかしなことを言ってやがる。突き落としてなんかいない！」

突然の大声に杉村ははっとした。

「わざとじゃなくても突き落としたことにはなりますよね」

「だから突き落としていない！　勝手に落ちたんだ」

さっきまでのおどおどした様子が消し飛び、萩野の目は血走っていた。どういうことだ。杉村は助けを求めて、桐生の方を向く。

「あなたは突き落としておらず、彼女が自分で転落したということですね」

桐生は眉《まゆ》一つ動かさず、冷静に問いかけた。

「そうだ。そう言っただろう」

萩野は荒い息のままだった。

それから桐生は話題を変え、暴れ馬を乗りこなすように別の角度から質問していく。

だが杉村は納得できなかった。どういうことだ。さっき萩野は彼女の手を払いのけたら落ちたのだと言ったではないか。その直後に大声でむきになって否定するなんてどうかしている。

「では当時の位置関係を正確に教えてください」

桐生は事件当時のホームの状況について、リーガルパッドに図を描きながら細かく確認していく。ホームに人はまばらだったようだ。萩野が突き落としたという証拠は、今のところ被害者の同僚の証言以外にはない。

「今日はここまでということで。また来ます」

言い残して、二人は外へ出た。

「桐生くん、どう思った？」

早速、口に出す。

「おそらく嘘は言っていないでしょう」

「でもあんなに怒って否定するなんておかしいよ。確かに言ったじゃないか。河本さんの手を払いのけたら彼女が落ちてはねられたって」

「たぶんあれはそういう意味じゃなかったんですよ、杉村さん」

「どういうこと？」

「萩野さんが伝えようとしたことを、主語を逆に受け取ってしまっただけです」

頭がこんがらがりそうだが、萩野の言葉を思い返しながら意味をたどってはっとした。

「つまり、ふらふらしていたのも、大丈夫かと言われて手を払いのけたのも被害者の河本さんです」

「なんだよ。てっきり萩野さんがふらふらしていて、手を払いのけたのかと思ったよ。それで河本さんが落ちちゃったって。ていうか、ああやって言われたら普通そう思うだろう？」

杉村は悔しそうに肩を落とした。萩野は河本咲都子の視点で答えたということか。

「萩野さんは誤解させようとしたわけではないんです。どうやら彼には説明する際に、主語を省略して語ってしまう癖がある。それで誤解されてしまった」

供述弱者と言われる人たちがいる。

知的障害者、年少者、外国人など言葉によるコミュニケーションがうまく取れない人のことだ。

「萩野さんが供述弱者にあたるかどうかはわかりません。ですが言葉で伝えるのが苦手な人は、うまくしゃべれないだけなのに嘘をついていると思われることや、相手のペースに誘導されて虚偽の自白に陥ってしまうことがあります。特に、供述弱者だとはっきりわかりにくい場合が一番危険でしょう」

「確かにそうかも」

「萩野さんの場合、厄介なのは、話すのが苦手なだけでなく感情の起伏が激しいことです」

それは思った。強い口調で否定しても真実の証明とはならない。ただ感情的な人間だという証明になるだけだ。

「萩野さんのあの感じだと、何かの拍子で彼女に対してかっとなって衝動的に突き落としてしまった。検察にそう説明されたら、裁判員が信じてしまっても仕方ないでしょう」

「そうだね」

ひとまず課題が見えてきたようだ。二人は事務所へと足早に戻った。


ビルの谷間を、名も知らない鳥が気持ちよさそうにすり抜けていく。

赤坂見附《あかさかみつけ》にある師団坂ビル。佐伯《さえき》真樹夫《まきお》という有名な弁護士が一代で起こした師団坂法律事務所が入っている。

エレベーターでルーム1のある二十二階へと上がった。我が師団坂法律事務所は弁護士数が三桁《みけた》を超え、日本有数の規模を誇っている。ルーム1からルーム5に分かれ、それぞれが得意分野をもって事案に対応している。

だだっぴろいルーム1のオフィスには多くの人々がいて仕事をしていた。ルーム1は刑事事件専門の部署だ。

人形のように無言でキーボードを叩《たた》く事務員の後ろから、かわいらしい女性弁護士がひょこっと顔を見せる。

「お疲れ様です。接見、どんな感じでしたか」

彼女の名前は佐伯芽依《めい》。この事務所の創設者の一人娘だ。

「ううん、すでに前途多難な予感がするよ」

杉村はざっくりと説明していく。被告人の萩野はコミュニケーション能力に問題がありそうだと伝えた。

「難しい弁護になるかもですね」

芽依は小首をかしげた。

「鷹野《たかの》さんに相談したくても、最近見かけないしな」

ルーム1のトップは鷹野和也《かずや》という弁護士だ。役職はシニア・パートナー。元医師という変わり種だ。

ちなみにこのルーム1には、先生と呼び合ってはいけないという謎のルールがある。鷹野がここのトップになったときから導入された。一時期、弁護方針や依頼人も医療用語で呼ぶルールがあったが、幸いなことに今は緩んでいる。

エレベーターが到着し、一人のベテラン弁護士がやって来た。

「ブルーレイ、借りてきたぞ」

梅津清十郎《うめつせいじゅうろう》だ。彼が手にしているのは検察での取り調べの様子を録画したものだ。萩野が自白したところを、これから四人で見て検討する。

会議室のテレビ画面で動画が再生され、検事と萩野の姿が映し出された。

——あのね、ぶっちゃけて言うけど、私も君がそこまで悪い人間だと思っていないのよ。

こわもての検事が語りかけている。

——もちろんね、殺したこと、悪いよ。でもこれって故殺だし。ああ、ごめん、謀殺と故殺って区別、わかるかな。

問いかけられたが、萩野は黙りこんだままだ。

——はいはい。弁護士さんから言われたんだね。黙秘しなさいって。わかってるわかってる。でもね、これ単純な質問だし、答えても何も不利益ないから。もう一度聞くよ。謀殺と故殺って知ってる？

萩野は首を横に振った。

——知りません。

——計画的に殺したか、衝動的に殺したかってこと。昔はこの二つが区別されていて謀殺より故殺の方が罪が軽かったの。君が突き落としたのって計画的じゃないってちゃんとこちらもわかっているから。

——はあ。

萩野が答えると、検事は口元をほころばせた。

――やっと話してくれるようになった。やっぱり君は根っこの部分で優しいね。亡くなった河本さんのお母さんはね、母子家庭で河本さんを一生懸命育てたんだよ。お母さんに悪いって気持ちはないの？　優しい君ならあるでしょ？

――それは、あります。

検事は間をあけた。満足そうにうなずいている。

――そうそう。謝罪の気持ちが大事なんだ。悪いことしても、そういう気持ちがあればいつか立ち直れる。じゃあ聞くよ。君が河本さんを突き落としたんだね。

――ちがう！

萩野は目を大きく開けて、机を叩いた。ずっとおどおどしていたのに急に大声を上げたので、さすがに検事も面食らっていた。

――なんで大声出すの？　河本さんのお母さんに悪いって気持ちがあるって言ったでしょ。嘘だったの？

――そうじゃない。

――だったらどういうこと？　おかしいでしょ。殺してもいないのに謝罪の気持ちがあるなんてどういうことなのか説明してよ。いくら撤回しても、君がさっき言ったこと、ちゃんと録画してあるんだよ。

――それは……。

検事はここぞという感じで攻めたてていった。

――河本さんのお母さんの気持ちになってみなさいよ。愛する娘さんを亡くした上、突き落とした犯人はやっていないなんて言っている。どんな気持ちになると思ってるの？

萩野は何も言わずうつむいていた。

――せめて認めて謝ろうよ。素直にさ。私だって君がそこまで悪い人間じゃないってわかってるんだから。

弁解することもかなわず、萩野は口を閉ざした。だが一分くらいしてすすり泣きとともに小さな声がした。

――ごめんなさい。

――君が殺したんだね。

――はい。すみませんでした。

言ったきり、萩野はうなだれた。

画面を見つめたまま、誰もがしばらく静まりかえっていた。

「検事が自白を強要してますね」

芽依が言った。誰もが同じ気持ちだったようだ。

それもある。録音録画されている中で自分の言葉が矛盾していることに気づき、もう駄目だとなってしまったのかもしれない。

梅津が咳《せき》ばらいをする。

「取り調べ室の圧力は経験したものでないとわからん」

彼はかつて刑事だったという変わり種の弁護士だ。

「やっていないのにその圧力から逃れるためにやったって言ってしまう者もいる。供述で少しでもおかしなことを言えば、警察や検察は徹底的につけこんでくる」

身に覚えがないなら、やっていないと言い通せばいい。取り調べで黙っているのは後ろ暗いことがあるからだろう。人は安易にそう思ってしまうものだ。だが実際には無実を訴え続けるのは並大抵のことではない。

そうですね、と桐生がうなずいた。

「萩野さんが謝罪の気持ちがあると言ったのは、はねられるのを助けられなかったという後悔の念から出た言葉かもしれません。ただその自分の気持ちを萩野さんはうまく説明できなかったんでしょう」

萩野は自分の思うことを言葉で伝えるのが苦手だ。一方で突き落としたか否かのように、はっきりとイエス・ノーで答えられる質問には強すぎるくらいに反応してしまうのだろう。

「本人の主張通り、無罪弁護すべきだな」

梅津が腕を組みながら言った。

「主任弁護人はどうします？」

芽依の問いに、杉村はさりげなく体を小さくして、誰とも目が合わないようにした。

現在、ルーム1のトップである鷹野は他県にいる。死刑求刑された殺人事件の裁判はもうすぐ結審だ。これ以外にも多くの案件を掛け持ちしている。

確かベテランの梅津も明日から連日開廷の公判に臨むことになる。そうなると、さらに絞られてくる。

「俺がやりますよ」

そう言って、桐生が手を挙げた。

「さっすがセンパイ、よろしく頼みます」

本当はこっちが先輩なのだが冗談めかして杉村が言うと、芽依が眉をひそめた。

「でも桐生さんだって今週、裁判員裁判でしょう」

かくいう芽依も上告審の弁護を引き受けたところで余裕がないのは知っている。杉村はそっぽを向いていたが、周囲の視線が自分に注がれているのがわかった。

「これってひょっとして、僕しかいないって感じ？」

杉村は言わされたかのように言った。他のメンバーは無言でうなずく。

何とか回避しようとしたが、圧力に負けて結局引き受けることになってしまった。殺人容疑の否認事件か。しかも依頼主はコミュ障。誰か助けてくれよ。

深夜まで残業をしてから事務所を出た。

終電に乗って深呼吸。芽依のように事務所に寝泊まりできればいいのだが、こっちはそういうわけにはいかない。今日も疲れたなと目をこすりつつ、浮世の情報を得るべくスマホを開く。興味のないニュースばっかだなと思っていると、『BRAVE PARTY XI』という新作RPGの広告があった。

「うわ、もうすぐ発売か。予約しないと」

四年ぶりの大作だということで大々的に宣伝しているようだ。杉村が子どもの頃から続いている大好きなシリーズ。選択するキャラの相性によってパーティの強さが大きく違ってくるのが特徴のRPGだ。とてもやっている暇などないはずなのに、新作とあらばゲーマーの血が騒いでしまう。追い続けることに使命感のようなものさえある。

電車を降り、自宅までの夜道をゆっくり歩いた。

他の弁護士のように立派な志など、何もなかった。

志望動機について訊かれた時には適当にでっち上げているが、弁護士を目指したのは負け組の人生から一発逆転を狙ったためだ。

弁護士なんて堅い職業に向いていないということはわかっている。世間知らずのお嬢様と言われる芽依だって、経験が少ない分を努力とやる気でカバーしようと頑張っている。僕よりはるかにましだ。

何のために弁護士になったのだろう。

近頃、そう考えることが多い。いや、答えはわかっている。勝ち組になりたかったからだ。最近は弁護士でも食うに困るなんて言うけど、弁護士の平均年収は一般のそれより今でも高い。ステータスだってゲキ高だ。ニートから一発逆転、勝ち組になる。当初のもくろみ通り、それは果たされた。だけどないものねだりというやつで、責任の重い仕事に日々追われていると、ゲーム三昧《ざんまい》だったお気楽ニート生活が恋しくなる。

「ただいま」

いつものように両親は既に寝静まっている。物音をたてないように台所へ行き、ラップしてある夕食をチンして食べる。風呂《ふろ》を追い炊きして入り、髪も乾かさずにベッドに向かう。だがすぐには寝つけない。

どうやって萩野を無罪弁護していけばいいだろう。

問題は被害者を突き落とすのを見たという目撃証言だ。反対尋問でどう崩していくかにかかっている。早く寝たいのに思考が冴《さ》えわたっていく。寝つきはいい方なんだけどな。知らず知らずのうちにプレッシャーを感じているのかな。

寝返りを打つと、テレビの下にあるゲーム機が目に入った。

ずっとやっていないので埃《ほこり》をかぶっている。有名な『BRAVE PARTY』シリーズをはじめ、ニート時代はありとあらゆる作品を徹底的にやり尽くした。無限にあった時間をゲームにつぎ込めた。だが今はやり始めると止まらなくなるのがわかっているから、うかつに手を出さないようにしている。

すっかりゲームから遠ざかってしまったが、思えば僕は今、リアルRPGの世界にいるのかもしれない。

鷹野という勇者率いるルーム1というパーティ。僕はそこに紛れ込んだ足手まといの弱いキャラだ。ただそんなキャラでもパーティにいれば自分で敵を倒さずとも経験値はもらえる。楽してレベルアップなんてますます僕にぴったりだ。それなのに今回は一人で強いモンスターと戦わないといけない。なんてこった……。

馬鹿なことを想像していると、眠気が襲ってきた。

2

萩野の主任弁護人になってから、十日ほどが流れた。

公判まではもう時間がない。屋上でソーセージマフィンを食べていると、空にはひつじ雲が浮かんでいた。

無実を示す証拠は見つからない。それに目撃証言をどうつぶせばいいものか。早いところ泣きを入れて、桐生に代わってもらった方が萩野のためなのかもしれない。

「もう一度、現場に行ってみるか」

桐生に代わってもらうにせよ、頑張ってますアピールをしてからの方が感じはいいだろう。

杉村は事務所を出ると、駅まで向かう。

千葉駅でローカル線に乗りかえて、事件現場となった駅まで移動する。車窓から見えるのは、稲穂が揺れているのどかな風景だ。駅前にはさびれた商店街。この先に被害者が勤めていたスーパーがある。裏手の家々は瓦《かわら》が陥没し、壊れかけているものが多い。無人駅だ。

朝の通勤時間も終わっているので、誰もいない。げこげこと蛙の鳴き声が聞こえてくる。戦前からあるのかというレトロな看板に、すかすかの時刻表があった。

ホームから線路わきを見つめると、花束がひかえめに手向けてあるのが目に入った。

ここで半年前、河本咲都子は電車にはねられて死んだ。

萩野が咲都子を突き落とすところを、河本咲都子と同じスーパーで働く女性が見たという。

彼女が転落したところと目撃者の位置はかなり離れている。突き落とす様子がはっきり見えるだろうか。

動作はともかく、表情は確実に見えないはずだ。言い争っていたという証言も怪しいのではないか。

花束を見ながら、被害者の顔を思い浮かべる。ニュースで流れていた被害者の写真は確か、高校時代の卒業アルバムから転用されたものだ。缶詰に入っているみかんのような唇だけが特徴的で、地味な顔立ちだった。二十四歳でスーパー勤務。ぼんやりと河本咲都子の情報を思い出しつつ、杉村は手をあわせた。

顔を上げると、初老の女性がこちらを見ていた。不審に思われただろうか。何でもない風を装って改札に向かおうとしたとき、呼び止められた。

「あの、すみません」

杉村は目を瞬かせて振り返る。

「はい？」

「もしかして、咲都子のご友人ですか」

女性のみかんのような唇を見て、河本咲都子の顔と重なった。もしかするとこの人は母親かもしれない。そうか、手をあわせていたので知りあいだと勘違いされたのだ。

「はあ、いえ、どういいますか」

言葉を濁しつつ、杉村は首を横に振った。

「ここで事件があったと聞いたので。ただそれだけなんです」

萩野の弁護人だなどとは、とても言えなかった。

「そうでしたか。お優しい方なんですね」

「いえ……」

「見知らぬ方でもこうして娘のために手をあわせてくださる人がいるなんて、少しだけ救われた思いがします」

微笑みが悲しげでつらかった。杉村は頭を下げると、逃げるように電車に飛び乗った。

電車の中からゆっくり遠ざかっていくホームを見ると、母親は立ったまま、泣いていた。ハンカチを顔に当て、肩を震わせている。

杉村はため息をつく。何をやっているのだろう。悪いことをしているわけではないのに、どうしてこそこそしてしまったんだ。

「はあ、弁護士って因果な商売だよな」

がらがらの座席に腰かけると、スマホに着信があった。

芽依からだ。

「杉村さんって今、どこですか」

今日は彼女も別の依頼の調査に行くと言っていた。そういえば芽依が担当している事件が起きたのはこの近くだったか。今から合流して一緒に昼食でもという話になった。

ＪＲの改札で待っていると、芽依が現れた。

「ああ、ここだよ」

手を振るとやって来た。この表情、あまりうまく行っていない様子だな。きっと相談したくて電話をかけてきたのだろう。

「会いに行ったんですけど、駄目でした」

芽依が今調べているのは、三年ほど前に起きた強盗致傷事件だ。

前田《まえだ》秋寿《あきひさ》という人物が空き巣に入り、逃げる際に家人を突き倒して軽い怪我を負わせた容疑で逮捕されたらしい。本人は無実を主張していたらしいが前科があり、手口が過去の犯行と似ていたことと、目撃情報から逮捕された。前田は第一審・第二審ともに有罪となり自殺したのだという。もう一度調べて欲しいと言ってきたのは、彼の遺族だ。

「前田さんはやっていないという遺書を残していました」

「え？　そうなの」

「弁護士がつくのが遅かったせいもあって、認めてしまったんです。主張していたアリバイも認められなくて」

「ううん、遺書があっても証拠にはならないしね」

「そんなこと言わないでください」

芽依は睨みつけてきた。

「無実なのに間違って刑罰に問われるなんて不正義、絶対に赦《ゆる》されません。本人はそれを苦に自殺されているんですよ」

ごめんごめんと杉村は謝った。芽依は少し口うるさい。こういう時はさっさと謝っておくに限る。

「杉村さんの方はどうです？　進展はありましたか」

「ううん、どうなんだろね」

杉村はこれまでの状況を説明する。

目撃者の位置からでは、事件の様子はよく見えなかった可能性が高い。反対尋問で目撃証言の不確かさをうまく主張できればいけるかもしれない。

「心配なのは被告人質問だね。萩野さんがおかしなことを言うかもしれない。接見でどんなに打ち合わせても、話がうまく嚙《か》み合わないことがある。僕の尋問がうまくいったとしても、すぐに検事にやられるんじゃないかな」

「感情が抑えられないところもありますしね」

「だろ？　挑発されたら怒っちゃうかもしれない。そうなったら終わりだよ」

公判当日、ふたを開けてみないとわからないし、アドリブでフォローできる自信はない。責任がこなきじじいのように肩にのしかかってくる。


東京に戻ると芽依と別れ、事務所に向かった。

エレベーターの前に色黒で長身の男がいた。

長い眉毛が左右に伸びている。鷹野だ。

「ああ、おつかれさまです」

師団坂法律事務所にやって来た早々、鷹野は逆転無罪を勝ちとり、その実力を見せつけた。また経営改革として大ナタを振るい、多くの弁護士を解雇した。その極端なやり方に反発も大きかったが、なんとかなっている。

「鷹野さん、突き落としの事件のことなんですが……」

せっかく久々に彼に会えたのだ。相談するなら今しかない。そう思い、杉村はこれまでの経緯を説明する。鷹野は何やら外国語で書かれた判例の文献を読みながら聞いている。これでこちらの話が頭に入っているのだろうかとも思うが、本当にしっかり聞いているので文句もつけられない。

「というわけで、被告人質問が勝負になると思います」

自分じゃなく誰か実践慣れしている弁護士に代わった方がいいんじゃないですか、と思いつつ言った。

「なるほど。わかった」

　エレベーターから降りると、鷹野は資料を畳んだ。もしかしたら代わってくれるのか。杉村は無言のまま、鷹野を見つめた。

「完全黙秘だ」

「えっ」

「被告人にしゃべらせるな。黙秘しますと言い続けさせるんだ」

「それじゃあ、被告人質問は？」

「放棄すればいい」

　杉村は言葉につまった。被告人質問の放棄。思わぬ戦術だ。確かに萩野は自分の言いたいことをうまく言えないところがある。しかも挑発されると怒りだしてしまうことも。そこをつけこまれないよう、沈黙させるのは理にかなっている。だが実際にそんなことをして大丈夫だろうか。判断するのは一般人である裁判員だ。黙秘で心証を悪くしてしまったら、それの方が致命的になりかねない。

「お前ができないなら、俺が代わる」

　鷹野の目は冷たかった。杉村はつばを飲み込み、以前リストラされかかったときのことを思い出す。こんな裁判でさえ勝てないなら辞めてしまえ。お前は本来、首にする予定だったのだからと言われている気がして、杉村は首を横に振った。

「いえ、やります。やらせてください」

笑顔で力強く応じた。

鷹野はそのまま資料室へ向かった。一人残され、杉村はこわばった笑顔のまま立ちつくす。不安だけが広がっていった。

翌日、杉村は萩野のところへ接見に赴いた。

無精ひげにサンダル履きの萩野が、不安げな顔を見せた。

「萩野さん、もう一度確認させてください」

杉村は問いを発した。

「河本さんとは駅で偶然、初めて出会ったんですか」

杉村の問いに、萩野は口ごもった。

「どうか正直に答えてください。あなたと河本さんに面識があった場合、検察側の証人がそのことを知っていて、公判で言い出せば対応できません」

しばらく間があって、萩野は重い口を開いた。

「そうじゃない」

「えっ」

「スーパーで見かけて跡をつけていた」

「何で黙ってたんですか」

つい大きな声が出てしまった。そんなこと今まで、聞いていなかった。

その日、萩野は居酒屋で飲んだ後、酔いざましに水を買おうとスーパーに寄った。ちょうどその時、咲都子は仕事を終えて帰るところだったという。

「どうしてつけたんですか」

「何故かつけたくなって」

何だその説明は……杉村は萩野の心理について詳しく聞いていくが、要領を得ない。

恋愛感情はない。だが気になってつけた……全くわからない心理ではない。だがおそらくこれを説明しようとしても難しいのではないか。

「突き落としていない。それだけは本当だ」

萩野は目を潤ませた。

「信じてくれないのか」

杉村はしばらく沈黙した。こんな大事なことをこれまで弁護人にも黙っているとは。この様子ではまだ他にも言っていないことがあるのではないのか。

杉村は萩野を見つめつつ、ゆっくりと口を開く。

「僕にはあなたのいうことが真実かどうか、わかりません。ただ弁護士としてはあなたを信じて弁護するしかないと思っています」

黙ったまま、萩野はこちらをじっと見ている。

杉村も萩野をしっかりと見据えた。

「どうか公判では僕の言うとおりにしてください」

「どうする気だ？」

「被告人質問では完全に口を閉ざしてください」

「はあ？」

「全てに黙秘します、と答えるんです」

完全黙秘を勧めると、萩野はしばらく固まっていた。

「被告人質問っていうのはあれだろ。検事に色々質問されてそれに答えていく」

「はい」

「言われっぱなしだったら、みんな検事の言うとおりだって思うんじゃないか。そんなことできない。俺は無実なんだ」

「沈黙することだけを理由に、裁判で不利益を受けることはないです」

問題ありません、と杉村は断言した。

「法律上のことは知らないよ。けど裁くのは裁判員だろ？　きっと何もしゃべらなかったら、こいつやってるって思う。だから負けるんじゃないのか」

「確かに極端な黙秘権行使は不利益にもなりえます」

それは事実だ。だが鷹野に言われ、何度も萩野に接見してみて、その方法しかないように思える。

「それでも僕はこれがベストだと思います。取り調べのときも、黙秘をするように前の弁護士に言われたでしょう？　そして今回の場合、公判でも黙秘はあなたを守るために有効です。どうか信じてください」

　人の心は言葉で伝えられない場合があること、言葉にしてしまうと誤解されて伝わってしまいかねないこと、言葉尻《ことばじり》をとらえられて、自分に不利な解釈をされてしまう恐れもあること……杉村は必死で説得した。

「もう一度言います。黙秘は最強の盾です。だから萩野さん、どうか、何があっても黙秘でお願いします」

「わかったよ」

　しつこく念押しして、面会室を出た。

　仕事を終え、自宅へ帰る。

　ああ言ったが、黙秘を貫けば必ず勝てるという保証はない。だがきっとこうするしかないのだろう。

　いつものように親は早く眠っている。鍋《なべ》に入っていたカレーを温めて食べた。体の疲れがどっと出て、風呂に入ることもなくベッドに横たわった。

「最強の盾か」

　杉村はテレビの下、埃だらけのゲーム機に目をやった。古い『BRAVE PARTY』が置かれている。

アイギスの盾。

それは『BRAVE PARTY』シリーズに登場する防具の一つだ。最強の盾というとそのアイテムが浮かぶ。打撃にも魔法にも強い伝説の盾なので、ラスボスに挑む際にはこの盾を必ず装備させていた。

萩野の有罪を示すのは目撃証人だけだ。検察側の証人を反対尋問で崩し、被告人質問では黙秘という最強の盾で守りきってしまえば、無罪は勝ちとれる。その戦略は正しい。鷹野が言っていたからではなく、自分でも今はそう思う。ただ……。

浮かんでくるのは、駅で会った河本咲都子の母親のことだ。犯人だと思っている男が口をつぐみ続けることは、耐えがたい苦痛になるだろう。黙秘戦略自体は正しくとも、それは正義と言えるのか。

何度も寝返りをうつ。どうやら今夜もなかなか寝つけそうにない。

3

あっという間に日は過ぎて、ホーム突き落とし事件の公判の日になった。

ルーム1からエレベーターで一階に降りると、入り口から人影が近づいてきた。

桐生のようだ。あれ、他県へ行っているはずだが戻って来たのか。

そう思っていると、髪をかき上げる仕草が大げさすぎて、別人だとわかった。気づかないふりをして通りすぎようと思ったが、呼び止められた。

「今、俺のこと、桐生だと思っただろ」

杉村はため息をついて振り返る。

「困ったもんだ。この前も法廷で間違えられたからな」

青年はまた得意げに髪をかき上げる。七条竜太郎《しちじょうりゅうたろう》。桐生と背《せ》恰好《かっこう》が同じでよく似た髪型なのでよく間違えるが、桐生とは違いイケメンのようでいてよく見るとそうでもない。しかもあまり有能ではない。

「あんたの内心、当ててやろうか」

別にいいよと言ったが、七条は絡みついてきた。

「不安要素の多い公判を前に藁《わら》にもすがりたい。そんな思いのあんたは、俺のことが桐生に見えちまったんだ」

指摘されたことは悔しいが当たりだ。ただ服装まで似たものでそろえているなんて、わざとはめようとしているとしか思えない。

「まあ、そうだよ」

素直に認めると、七条はにやにやした。

「さてと、公判に出向くあんたに餞別《せんべつ》をやろう」

七条は鞄《かばん》から消しゴムとボールペンをとり出した。

「俺が気に入っているのがどっちかわかったら、好きな方をあんたにくれてやろう」

右手にあるペンにも、左手の消しゴムにも萌《も》えキャラが描かれていた。

「さてどうする？　こんなレアもの、滅多に手に入らないからな。どっちも欲しいのはわかる。だがそうはいかない。手に入れられるのは一つだけだ」

どっちも欲しくないが選ばないといけないのか。

いらないと言っても、余計にしつこくくらいついてくるだろう。杉村が口を閉ざしたまま反応に困っていると、やるじゃねえかと肩を叩かれた。

「答えは沈黙。どっちも俺は気に入っている。こんな問題に正解なんてねえのさ」

七条は消しゴムを杉村の手に握らせると、背を向けた。

「それでも選ばないといけない日があんたにも来るだろうぜ」

言い残して七条は去って行った。

くそ、よくわからないが欲しくもない消しゴムをもらってしまった。

だが偶然なのか何なのか、七条の言うように沈黙こそがこれから戦う公判のポイントだ。主任弁護人として減刑を勝ちとったことはあっても、否認事件で無罪を勝ちとったことは一度もない。完全黙秘でとにかくやるしかない。

入れ替わりのように芽依がやって来た。

「どうかしたんですか」

説明するのも面倒だ。消しゴムをポケットにつっこんで何でもないよと言って、芽依ともに千葉地裁に向かった。

すべりこむように二〇一号室に入った。弁護人席の正面には、証言台を挟んで検事席がある。すだれのような前髪の検事はベテランで生真面目な印象だ。

やがて扉が開き、萩野が入ってきた。

裁判官や裁判員も一緒に礼をしてから席に着く。杉村は横目で傍聴人席に視線をやった。記者や傍聴人が多く詰めかけていて、最前列には見覚えのある顔があった。被害者、河本咲都子の母親だ。ハンカチを口元にあて、泣き出しそうな表情をしている。彼女はあの時、ホームで会ったのが僕だと気づいているだろうか。

「被告人は前に出てください」

裁判長の声で、萩野が証言台に向かった。

「名前を教えてください」

「萩野正治です」

「生年月日はいつですか」

「昭和五十一年六月三十日です」

裁判長は住所や職業などについて訊《たず》ねていく。

人定質問の後、起訴状朗読が始まる。検察はこの事件が殺人であるということで貫いていく様子だ。

「被告人には黙秘権が保障されています。言いたくないことは言わなくてかまいません。

ただし法廷内においての発言は証拠になりますので注意してください」

黙秘権が告知された。

「起訴状の内容に間違いはありませんか」

「いいえ、私は河本さんを突き落としていません」

罪状認否で萩野は犯行を否定した。冒頭陳述では検察側、弁護側がこれから証明していく内容が示されていく。検察側があてにしているのは同僚の証言だ。

間をあけることなく、証人尋問が始まった。

杉村は傍聴席の方を見ないよう心掛けた。母親を見てしまうと心が揺れ、失敗してしまうかもしれない。

検察側の証人として、河本咲都子の同僚が証言台に向かった。

検事が質問していく。

「証人と被害者の関係を教えてください」

「スーパーの同僚です」

「証人は被告人について知っていることがありますか」

咲都子の同僚は大きくうなずいた。

「スーパーのお客さんとして何度か見たことがあります」

「証人が事件を目撃した経緯について教えてください」

「河本さんとは一足違いで駅に向かいました。同じ電車なので本数も少ないし、ホームで追いつくだろうと思っていたんです」

「駅に着いた後の様子を詳しく教えてください」

はい、と言って咲都子の同僚は間をあけた。

「改札口からホームに入ると、河本さんと男性がもめているのが見えました。河本さんはいやーっ！　と大声を上げました。ちょうどその時、電車が来ると思ったら……男性が河本さんを線路に突き落としたんです」

咲都子の同僚は突き落とす恰好をした。

「……彼女ははねられてしまって」

そこまで言って、同僚女性は涙ぐんだ。

「それからどうしました？」

「すぐに通報しました」

他にも人が集まって来て、突き落とした男性は立ったまま動かなかったと答えた。

「その男性はここにいますか」

咲都子の同僚は萩野の方を指さした。

「被告人です。間違いありません」

検事の質問が終わり、今度は弁護人の番だ。

「頑張ってください」

小声で芽依に励まされて、杉村が反対尋問を開始する。

「改札口から現場まではどれくらい離れていましたか」

「十五メートルほどだと思います。そこから歩きながら近づいていきました」

「証人は被告人が河本さんを突き落とすところを見たとおっしゃいましたね」

「はい、目の前ではっきりと見ました」

一生忘れられない、と同僚の女性は顔をおおった。

「弁護人がお聞きしたいのは、萩野さんが河本さんを線路に突き落とした瞬間についてです。どうやって突き落としたのか、説明してください」

「どうやってって？」

「右手ですか。左手ですか。それとも両手、もしくは体当たりですか。被害者が抵抗されたあげくに突き落とされたのか、その具体的な様子を教えてください」

「それはこうやって右手で」

同僚女性は右手で押す恰好をした。

「被告人の姿勢や右手の位置はどうなっていましたか」

「そんなことまではっきりとわかりません。でも確かに右腕が伸びていて」

「腕？　手の様子ははっきり見えましたか」

同僚女性は言葉につまった。

「見えません」

「弁護人が細かくお聞きしているのは、被告人が伸ばした右手というのが本当に突き落とそうとする手だったのかを確かめるためです。証人が見た右手というのは被告人が突き落とす際の手で間違いないんですか」

「えっ」

「例えばホームでふらふらしていた河本さんを心配してさし出した右手だった可能性はありませんか。それを見たあなたは聞いた悲鳴のこともあって被告人が突き落としたと思いこんだのではないですか」

　同僚女性はしばらく沈黙した。

「もう一度、お聞きします。確かに被告人の手は被害者を押していましたか？　被告人が突き落としたと断言できますか」

　長い間があって、ようやく同僚の女性は口を開いた。

「いえ、断言はできません」

「以上です」

　充分だ。杉村はふうと息を吐き出す。

　それから現場にいた何人かの証人尋問が行われたが、いずれも決め手を欠いた。萩野が突き落としたとされる瞬間は誰も見ていない。

「いい感じでしたね」

　芽依が横から声をかけてきた。ありがとうと応じる。

　きっとうまくいっただろう。

次は問題の被告人質問だ。萩野が再び証言台に足を運んだ。こちらを心配そうに見ているが、ここまで来たらやるしかないのだ。

裁判長にうながされ、杉村は大丈夫だと目で訴えた。

「質問はありません」

その瞬間、傍聴席はざわめいた。

弁護人が法廷で被告人質問をしない。傍聴マニアらしき二人組がこんなの初めてだよと興奮している。裁判長が静かにと注意した。

裁判所と検事とはすでに協議をして伝えてある。進行には問題がないが、被告人質問の放棄は検事も意表をつかれたはずだ。弁護人が主尋問をしない代わりに、検事が質問を始めるという珍しい恰好になった。

「被告人は事件当日の午後九時頃、どこで何をしていましたか」

取り調べの様子を記録した映像が脳裏に浮かんだ。検事に攻められて黙秘しきれずに嘘の自白をしてしまう萩野の姿だ。だが不安に思っても顔に出してはいけない。

萩野は裁判員の方を向いたまま、静かに口を開いた。

「黙秘します」

検事は眉間《みけん》にしわを寄せたが、すぐに問いを続けた。

「事件の日、居酒屋を出た後、あなたはスーパーで買い物をしましたか」

「黙秘します」

「事件の直前、河本さんの跡をつけましたか」

「黙秘します」

判で押したような答えに、検事はしばらく間をあけた。

萩野は裁判員の方をちらちらとうかがっている。しかし黙秘によって被告人が不利益を被ることはないと十分に説明している。やましいことがあるから黙秘しているんだという一般常識のようなものは法廷では通じない。

「あなたは河本さんに好意を持っていましたか」

「黙秘します」

「あなたはどこに住んでいるのですか」

「黙秘します」

検事は再び眉根にしわを寄せると、証言台に一歩近づいた。

「何を聞いても黙秘ですね。どうして黙秘するんですか」

挑発的な質問に、萩野の目つきが少し鋭くなった。

肩が震えている。杉村はもちこたえてくれと必死で念じる。

「黙秘します」

萩野は落ち着いたようだ。杉村は心の中で胸をなでおろした。

「裁判長、これ以上の質問は黙秘権の侵害です」

杉村は異議を申し立てた。裁判長はうなずくと、検事の方を向いた。

「検察官は事件に関係することだけを質問してください。まだありますか」

「以上です」

検事はお手上げだとばかりに背を向けた。やはり検察はこれ以上の手がないのだ。あえて挑発的な質問をして萩野の悪性格を表に出そうとしたものの、所詮《しょせん》は苦しまぎれの策。萩野はかろうじて踏みとどまった。

検察の被告人質問の後、河本咲都子の母の代理として男性が質問に立った。

「被害者の遺族からも質問があります」

この男性は弁護士だ。被害者参加制度によって、被害者や遺族も委託弁護人を通じて、意見陳述に必要と認められる場合において被告人質問をすることができるようになった。

「被害者はどうして悲鳴を上げたと思われますか」

「黙秘します」

「被告人は今、亡くなった被害者のことをどう思っていますか」

「黙秘します」

委託弁護人はそれからも質問を続けたが、萩野は黙秘を貫いている。

席に戻る際、こちらを見た萩野の表情はこれでいいんだろ？　そう訴えかけているようだった。杉村は嚙《か》みしめるようにうなずいた。弁護人である僕のことを信じて、よくこらえてくれた。あとはこっちがなんとかする。

その時、法廷内に女性の大声が響いた。

「どうして黙っているんですか？　本当のことを言ってください」

傍聴席に一人、立っている人物がいる。今にも飛びかからんばかりの形相で、咲都子の母は萩野をきつく睨んでいる。

「やっていないならそういえばいい。事情があるならそのこともひっくるめて。私は本当のことが知りたいんです。何も言わずにいるなんて卑怯《ひきょう》じゃないですか！」

身内らしき女性に抱きかかえられて、咲都子の母は泣いていた。支えられるようにして法廷を後にしていく。

彼女は杉村のことに気づいていたのだろうか。わからない。だが想像していたよりもはるかに重く、彼女の言葉は胸を引き裂いた。

扉が開き、裁判官や裁判員は出て行く。杉村も芽依にうながされて法廷を後にした。

4

街の木々が青々と伸びていた。

新緑の季節。ソーセージマフィンの入った紙袋を手に歩みは早くなる。ピンコンとスマホにＬＩＮＥが入る。同期だった弁護士仲間からだ。既読にすると面倒なのでそのままにしてスマホをしまう。

午後二時。杉村の足はルーム１に向かっていた。

あれから論告求刑や最終弁論、最終陳述があった。結局萩野は最後まで黙秘を貫くことができた。そして判決が出た。

被告人は無罪。

裁判長の声を聞いた瞬間、咲都子の母は崩れ落ちた。生まれて初めて勝ちとった無罪判決。同期の連中はおめでとうというメッセージをくれて、両親も喜んでくれた。検察は控訴せずに判決は確定。昨日は梅津や芽依と祝杯をあげていた。

それなのにうきうきした気分はあまりなかった。少し前までの自分だったら浮かれて七条あたりにも自慢しまくっていただろう。

エレベーターで二十二階まで上がる。

ルーム1のオフィスは人でいっぱいだ。シニア・パートナールームから事務員が出てくるのが見えた。鷹野はいるようだ。

自分は鷹野の助言通りに弁護した。無事に依頼人の無罪を勝ちとることができたのだから、成功したと言えるだろう。

「失礼します」

資料やファイル、文献が散らばり雑然とした部屋だが、鷹野の言うには効率的に整理されているらしい。

「よくやったな」

褒めてくれたが、不思議と心は晴れない。ありがとうございますと言った後、言い淀《よど》んだ。

「どうした？」

「あの、一つだけ、聞かせていただきたいんです」

鷹野はこちらを見るでもなく、何だと応じた。

「こんな形で終わらせてしまってよかったんでしょうか」

「どういうことだ？」

「僕は萩野さんは突き落としていないと思います」

「だったら悩むことはないだろ」

「以前、鷹野さんは言いました。弁護は治療でもあると」

無言のまま、鷹野はチョコバーをかじっていた。

「たとえ被告人の無罪を勝ちとって社会的地位やその心を治療できたとしても、このままだと、被害者遺族の方をいっそう苦しめてしまうんじゃないかって」

被告人のことだけで必死なのに、考えすぎだ。そう言われるのが普通だろう。だが鷹野なら……そう思って答えを待つが、何も返事はない。

チョコバーの袋を丸めてゴミ箱に放り込むと、鷹野はようやく口を開いた。

「黙秘権は何のためにある？」

問いかけに一瞬、杉村は言い淀んだ。

「弱い者を守るためです。うまく言葉で表現できないところをつけこまれて、不利にならないように」

教科書的な答えだと自分でも思った。言っていることは間違っていない。だが今、自分で言った〝弱い者〟という言葉が棘《とげ》のように心に刺さっている。咲都子の母こそ弱い者ではないのか。大切な娘を失い、なぜホームから転落してはねられたのかわからないまま公判が終わってしまったのだ。

「杉村、一つ聞きたい」

「はい？」

「ある殺人事件で女性が殺されたとする。その女性はお前の恋人で、お前は犯人として疑われて刑事にしょっぴかれた。だがお前はまったくの無実。はっきりとしたアリバイもある。そうした場合、お前ならどうする？」

何だこの問いは……よくわからない。

「そりゃ必死でアリバイを訴えますよ。それにいい弁護人にも頼んで何とかしてもらいます。ああ、鷹野さんに依頼したりなんかして」

鷹野は背を向けて椅子に腰かけた。

「お前は死刑になるな」

「はあ？」

鷹野は座ったまま、パソコンに向かった。続く言葉はなく、杉村は首をかしげる。黙秘はアイギスの盾。被告人の人権を守るのに大切なものだ。だが真実を闇に葬ることになっては正義ではないように思う。そういうことを聞きたかったのだが。

杉村は結局、それ以上、問いかけることができずに部屋を後にした。

「ああ、杉村さん、来客です」

事務員に呼び止められた。

「来客って誰？」

「それが……」

事務員に耳打ちされ、思わずえっと声を出した。

急ぎ足で応接室へと向かった。

扉を開けると、そこにいたのは咲都子の母親だった。

まさか判決直後、被害者の母親が弁護人のところに訪ねてくるなんて想像もできない。

どう声をかけていいのかわからず、杉村はしばらく立ち尽くしていた。

「あの、河本さん」

話しかけると、顔を上げてこちらを向いた。

「僕に用だとお聞きしましたが」

咲都子の母親は小さく会釈しただけで、何も語らなかった。

事務員がお茶を出した。杉村はどうぞと言うが、口をつける気配はない。

息が苦しくなるような重い沈黙だったが、ようやく口を開いた。

「判決のことは、もういいんです。これが裁判というものなんでしょう」

無罪は確定した。もう二度とこの事件で萩野が裁かれることはない。仮に今後、どんな証拠がみつかったとしても。

「ただ私は知りたいんです。娘が死ぬ前に何があったのか。どうしてあの子は死ななければいけなかったのか」

咲都子の母親はじっとこちらを見つめた。

「萩野という人は、あなたに何と言っていたんですか。弁護士にまで黙秘していたなんてことはないでしょう？」

「河本さん、それは……」

気持ちはわかるが、いくら何でも無理な相談だ。弁護士が守秘義務を犯すことなど話せるはずもない。杉村が困惑していると、咲都子の母親は息を吐き出した。

「ごめんなさい。無理だとわかっていても黙っていられなくて」

「いえ……」

「今日あなたに会いに来た目的は他にあるんです。実は、ずっと気になっていることがあるんです。もしかしたら事件と関係があるんじゃないかって」

母親は鞄から取り出した小さなアルバムを見せた。

「これは咲都子のアルバムです。あの子は写真が好きで写真を撮っては貼りつけていました。学生時代からの趣味だから、家にはこんなアルバムがたくさんあるんです。何故だかちょうど事件の前、あの子はよくこのアルバムを見ていたんです」

表紙には三年前の日付と、〝春〟というタイトルがあった。

「他にもアルバムはたくさんあるのに何故か三年前のこのアルバムを引っ張り出してきてずっと見ていたんです。しかも暗い顔で。毎日元気もなくておかしいなと思っていた矢先に事件が起きて。後で警察や検事さんにも話したんだけど、特に気になる点はないですよって言われてそれきりになって……」

「三年前というと、咲都子さんは二十一歳ですね」

「はい。デザインの専門学校を出て、まだフリーターだった頃です」

中を見ると、数枚が猫の写真で、あとはお花見の写真のようだ。咲都子や母親が写っているものもある。

「私も一緒に桜を見に行きました」

「どこかの公園ですか」

聞いておいてすぐに答えがわかった。一枚の写真に「東金《とうがね》ふれあい公園」と書かれている。あれ、これって……。

杉村はしばらく固まった。

――これって偶然か。

芽依が今、担当している冤罪事件も東金市で起こっている。しかも同じ三年前だ。ただの偶然と片づけていいのだろうか。

「このアルバム、お借りしてもよろしいでしょうか」

「まさか、何かわかったんですか」

「いえ、まだです。ただ一つだけ、確かめたいことがあって。ひょっとしたら真実がわかるかもしれません」

　これは本来、弁護士の仕事ではないし、真相を明らかにするなんて約束はできない。だが自分なりに人の人生に関わったものの使命として精一杯やる。それは誰かに責められることではないだろう。

「河本さん、最後に一つ、聞いてもいいですか」

「はい」

「どうしてこの依頼を弁護士である僕に持ってきたんですか」

　答えるのに少し時間があった。

「初めて会ったとき、杉村先生は人の痛みがわかる人だと思ったので」

　言い残して、咲都子の母親は去っていった。

　気づいていたのか。

　杉村は去っていった方に頭を下げると、芽依が担当している事件について事務所の検索システムで調べてみた。前田秋寿という人物が起こした事件だ。事件は三年前の四月五日に起きている。咲都子が撮ったお花見の写真も同じ日付だ。

「やっぱり……もう偶然じゃない」

　この一致、絶対に何かある。

杉村は芽依に連絡を入れる。

「はい、杉村さん？」

「急で悪いんだけどさ、東金市の事件について、もう一度詳しく教えてくれない？」

「ほんとに急ですね。どうしたんですか」

「萩野さんの事件とその事件はつながっているかもしれないんだ」

「えっ、どういうことですか」

杉村は前田のことについて訊ねた。

「前田さんは過去に空き巣で逮捕されて服役していました。出所してからは印刷会社で働いていたんですけど、その印刷会社社長宅に空き巣に入って社長に怪我を負わせたとしてもう一度逮捕されたんです」

「社長に目撃されたんだっけ？」

「ええ、でも否認しました。前田さんはアリバイを主張していたんです。正午から夕方まで、公園で寝てたって」

「そう、それ。その公園って何て名前だったっけ」

「東金ふれあい公園です」

「わかった。ありがとう」

杉村は芽依に頼んで、三年前に強盗致傷事件のあった現場に向かうことにした。

向かった先は東金市内にある大きな邸宅だった。

隣に印刷工場がある。切妻式の古民家で、敷地をぐるりと囲む木々は青々と茂っている。印刷会社社長の家だ。

この家に侵入して現金を盗んだのが前田とされている。

杉村はインターフォンを鳴らす。

好々爺《こうこうや》のような社長は、事前に芽依から連絡があったからか快く話に応じてくれた。応接室に通されると、お茶が出された。事件があったのは昼過ぎだったという。

「まったくね、出所者支援のつもりで雇ってたのに裏切られた気分ですよ」

社長は憤慨した顔だった。

「前田さんを目撃されたんですよね」

「はあ。私が書類をとりに家に戻ったら、庭に誰かいると思ったんです。私にぶつかりましてな。謝罪もせずに去っていったので何だと思ったんですが、その時は急いでいたんで妻が庭師に来てもらったのかと思ってあまり気にしませんでした。しばらく工場で作業をして夕方もう一度家に戻ると、金庫がなくなっているのに気づいて通報しました」

強盗致傷といってもごく軽い怪我だったようだ。

「その侵入者は間違いなく前田さんだったんですか」

社長はううんと考えこんだ。

「そう思いましたけどな」

記憶は曖昧《あいまい》のようだ。

「ただ後で警察に聞きました。犯人はドリルで裏口のドアの鍵《かぎ》を壊して侵入したそうです。サムターン回しって方法で、前田が以前、空き巣で捕まったときと同じ手口だったそうですわ。さらにその日、前田は無断で会社を休んでいましてな。犯人はあいつしか考えられないでしょう」

確かに日中狙うならある程度、事情を知った者の可能性が高い。手口まで一緒では疑われて当然の気もする。だがこうも考えられる。むしろこの情報が与えられたからこそ、社長は目撃した人物が前田だと思いこんだのではないかと。

「怪しい人物を見たのは何時頃だったんですか」

「午後二時くらいだと思います。ただ忙しくて昼飯も食べてなかったんで、正確な時間はよく覚えとらんのです。あいまいですよ」

ということは決定的な証拠はない。ただ自白してしまっているのが効いているのだろう。黙秘していれば有罪にならずにすんだかもしれない。ただ今はそんなことはいい。

「当時の社員リストのようなものはありますか」

「はあ、まあ、ありますよ」

少し待っていてくださいと言って、社長はリストを持ってきた。杉村は目を通していく。派遣で来ている人物がほとんどだ。だが当時のリストを見たとき、手が止まる。杉村は大きく目を開けた。

萩野正治。

同姓同名？　いや、そんなことはあるまい。萩野はここで働いていたのだ。前田と萩野には接点がある。そうするとどうなる？　杉村は口元に手を当てて考える。

「前田さんと萩野さんは親しかったんですか」

「さあ、ただ同じ部署のようですし、知りあいではあったでしょうな。え、この萩野ってまさか、ホーム突き落とし事件で逮捕された奴ですか」

社長は萩野が自分のところで働いていたと気づいていなかったようだ。確かに人の出入りが多いようだし、もう三年も経つならなおさらだろう。

それにしても何てことだ。萩野と前田はつながっていた。

ありがとうございますと言って、社長宅を後にした。

電車に乗るが、興奮が冷めなかった。

前田と咲都子のつながりだけなら偶然かもしれないが、萩野までがつながっていた。

この一致、どういう意味がある。落ちつけ、冷静に考えるんだ。

重要なのはきっと三年前の前田の事件だ。

もしかしたらホーム突き落とし事件も、この事件をめぐって起きたのかもしれない。

だとしたら真相はこれまで僕が考えもしないものだったのかもしれない。そんなことがちらちらと頭に浮かんだ。

芽依に電話するが、つながらない。彼女もたくさんの依頼に悪戦苦闘しているのだろう。

ルーム１に戻ると、咲都子の母から借りたアルバムをとり出した。

答えはきっと、この中にある。

ここに何が写っている？　名所のようで花見客は多い。微笑む母と娘。だがそれ以外に何もわからない。

咲都子がこの写真を最後に見ていたことには絶対に意味がある。何だ。

髪をかきむしると、顔を洗った。もう一度写真に視線を落とす。桜の木の下で、老人が寝転がっている。目をこらして顔を確認する。

「あ……」

前田秋寿。検索システムで見た写真と同じ顔だ。

その写真の時刻は午後二時四分になっている。確か印刷会社の社長は、犯人を見たのは二時ごろだと言っていた。

「アリバイがあったんだ！　前田さんは無実だった」

ということは、これはアリバイを証明する証拠写真だ。そんなものを咲都子は死の直前、ずっと見つめていた。

そういえば前田の事件について芽依が以前言っていた。前田はアリバイを主張していたが認められなかったと。この写真……ひょっとして咲都子は前田にアリバイがあったことに気づいたのかもしれない。

　こう考えることはできないか。三年前の事件、本当は萩野が犯人だった。前田にアリバイがあることに気づいた咲都子の口を封じるため、萩野は彼女を突き落とした……いや、先走りするな。

　スマホに着信があった。芽依からだ。

「杉村さん、こちらも大事なことがわかりました」

「どうしたの？」

「さっき二つの事件がつながっているかもしれないって言ってたでしょう？　あの時言えなかったんですが、前田さんは昼寝の途中で一人の女性に声をかけられたそうなんです。大丈夫ですかって。ただそれは午後一時くらいだったのでアリバイにはならず、その女性がアリバイ証人として公判に呼ばれることはなかったそうですが」

「ひょっとしてその女性って？」

「あれから確認しました。河本咲都子さんでした」

　やっぱり。これで咲都子と前田が三年前の事件でつながっていることは確実だ。だが問題は萩野。三年前、萩野が前田と同僚だったことはわかったが、それで確実に事件とつながっているわけではない。さらに問題なのはホーム突き落とし事件とのつながりだ。

　どうすればいいんだ。

　どれだけ証拠を集めても、ホーム突き落とし事件の真相はきっと、萩野しかわからない。全くの無実だったのか、殺人だったのか、あるいは事故だったのか……もう無罪は確定したが、これからも萩野はずっと黙秘し続けるのだろう。おそらく永遠に彼の口は開くことはあるまい。

黙秘……か。

何気なく、シニア・パートナールームの方を向く。

この前、黙秘について鷹野に変な質問をされた。殺人事件で疑われてアリバイがあったとき、お前ならどうするかと。適当に答えると、お前は死刑になると言われた。いつもながら鷹野の言うことは本当によくわからない。

いや、まてよ。

脳裏に一つの考えが浮かんだ。

確か社長は言っていた。自宅で前田を見た時間は午後二時というがあいまいだったと。もしそうなら……。

杉村はすぐにスマホをとり出すと、印刷会社の社長に電話を入れる。

「一つ確認したいんです。よろしいですか」

「ああ、はい」

「前田さんを見た時刻ですが、社長は最初から午後二時と言っていたんですか」

「いや、それがね、来てもらったときも言ったでしょう。あいまいだったって。最初は一時くらいじゃなかったかって検事さんに言ったんですよ。でも検事さんと色々話していく内に、もうちょっと遅かったんじゃないかってことになってね。まあ、検事さんが言うんだから二時ごろだったんでしょう」

「ありがとうございます」

やはりそうか。通話を切ると、杉村はもう一度、アルバムに視線を落とした。

できるかもしれない。萩野の口を開かせることが。

5

雲が一つもない快晴だった。

杉村は鞄を手に、千葉へと向かっている。これから釈放された萩野に会うのだ。

改札口で芽依と合流し、待ち合わせ場所である喫茶店へと足を向けた。

「こんなことして、いいんですか」

芽依が聞いてきた。確かにそうだ。無罪を勝ちとった後に真相を明らかにするなど、順序が逆だ。だが自分に今、迷いはない。

喫茶店に入る。奥から二番目のテーブル席に芽依と並んで座った。

やがて萩野が姿を見せる。

「世話になったな」

ぺこりと頭を下げた。暮らしぶりはどうですか、としばらく世間話をする。杉村は一度、言葉を切った。

「萩野さん、今回やって来た理由は、無罪確定おめでとうと言うためじゃないんです」

だったら何だ？　そう言いたげに萩野はこちらを向く。

「この事件の真相を明らかにするためです」

杉村が言うと、萩野は面食らった顔を浮かべた。

「どういうことだ？」

「三年前、東金市で前田秋寿という人物が逮捕されました」

杉村に代わって、芽依が口を開いた。

「同じ職場でしたから、ご存じですよね」

間があったが、萩野はゆっくりと首を縦に振った。

「……ああ」

「萩野さん、これを見てください」

杉村がアルバムから一枚の写真を提示した。

「ここに写っている人物は前田秋寿さんですよね」

桜の木のそばで、横たわっている人物を指さす。

「午後二時四分。窃盗事件で前田さんが目撃されたのもそれくらいの時刻です。つまり前田さんには、はっきりとしたアリバイがありました。彼は無実だったんです」

「……それで？」

「僕は河本咲都子さんのお母さんにお聞きしたんです。咲都子さんは亡くなられる前、しばらく様子がおかしかったと。咲都子さんはこの写真を気にしていたそうです」

杉村はそこで少し間をあけた。

「前田さんは酔っぱらって寝ているとき、大丈夫ですかと咲都子さんに声をかけられました。そして咲都子さんは一時頃に前田さんらしき人を見たと警察に言った」

杉村は厳しい顔になった。

「警察も検察も前田さんが犯人だと決めつけていました。だから咲都子さんの証言は邪魔だった。つぶしておかねばならないものだった。社長の記憶はあいまいでした。最初は午後一時頃と言っていたのに、いつの間にか二時頃に変わっている。何故か？　検事は社長に事件発生の時刻を変えさせることで、咲都子さんの証言を意味のないものにしたんです。露骨なアリバイつぶしがありました」

「アリバイつぶし？」

「そうです。これがこの事件の核です。馬鹿正直にアリバイを主張していくと、被疑者は後で泣きを見ることがあります」

杉村は右手で一、左手で二を作った。

「たとえば犯行時刻が一時頃ということだったのでその時刻のアリバイ証人を用意すると、検察は訴因変更をして、犯行時刻は一時から二時だったとアリバイが成立しないようにつじつまを合わせてくることがあるんです」

杉村はしっかりと萩野の目を見つめた。

「前田さんが無実を訴えて自殺した後、萩野さん、あなたは世話になった彼の冤罪を晴らすべく事件を調べたんでしょう」

「前田さんの弁護士にも事件について聞きに行っていたそうですね。そこで咲都子さんのことを知った」

芽依も問いを重ねた。萩野は視線をそらしている。

「だからあなたは咲都子さんに会いに行ったんです。あなたに会った後、咲都子さんは当時の写真を調べ、気づきました。自分の撮った写真に前田さんが写っていたことに。しかも時刻は二時。咲都子さんはきっと深く後悔されたのだと思います。自分がちゃんと写真を確認していれば、前田さんを死なせずにすんだのではないのか……と」

「つまりこの事件、自殺だったということです」

杉村は悲しげな目で、萩野を見つめた。

アリバイつぶし。事件の真相に気づけたのは、鷹野のおかげだ。シニア・パートナールームで鷹野は問いかけてきた。お前が殺人事件で疑われ、アリバイがあった場合どうすると。必死でアリバイを訴えると答えると、お前は死刑になると言われた。あれはアリバイつぶしの事例だったのだ。

「萩野さん、あなたは本当のことを言うべきだったんです。どんな事情があろうがありのままのことを。娘さんが自殺した理由を知れば、咲都子さんのご遺族が悲しまれると思ったんですか？　だったら殺されたと思いこんでいる方がましだと。ですがそれは間違いです」

責めるような口調で、杉村は訴えた。

萩野はいまだに口を開かない。だがゆっくりと顔を上げる。その瞳《ひとみ》は大きく開かれていた。

萩野の視線の先には、一人の女性がいた。

そこにいたのは咲都子の母だった。法廷のように声を荒らげることもなく、ただじっと萩野を見つめている。

「萩野さん」

杉村は呼びかけた。

「本当のことを教えて！　そのご遺族の切実な思いがあなたには響かないんですか」

杉村は必死で訴えた。

それでも萩野は口を開かない。絶対に真実を語らせる。そう言って咲都子の母に来てもらったのに駄目か。

だがそう思ったとき、萩野の口は静かに開いた。

「……すみませんでした」

萩野は咲都子の母の方を向いたまま、ゆっくりと頭を下げた。

「咲都子さんを殺してはいない。ただある意味同じかもしれない。死に追いやってしまったんだ」

萩野は静かな口調で、当時のことについてさらに詳しく語っていく。萩野は前田と特別親しく、金を貸してもらったこともあるらしい。だから前田が自殺した後、三年前の事件の真相を知りたかった萩野は、当時の弁護人に聞いてアリバイ証人を探した。そして河本咲都子にたどり着いたという。

萩野は咲都子に証言して欲しいと頼んだ。だが今さらと咲都子は断った。しかし彼女は気になって見返してみたのだろう。当時に撮った写真を。そしてその一枚に、前田が写っていることを見つけた。自分は無実の人を罪に陥れてしまったのか。彼女はそう思ったのではないか。

ホームで萩野が前田の自殺を告げたとき、咲都子はいやーっ！　と叫んだのだという。だがそれは萩野から危害を加えられそうになったからではなく、自分が前田を死に追いやってしまったという罪悪感からくるものだったのだろう。萩野が検事の前で自身の罪悪感を語ったのもまた、咲都子を死に追いやってしまったという意味だった。

「そして咲都子さんは、やって来た通過列車に飛び込んだ。信じてもらえないかもしれませんが、これが事実です」

萩野はそのまま、テーブルに崩れた。

「黙っていて……すみませんでした」

全てが今、終わった。

本当に悲しい真相だ。三年前、検察がアリバイつぶしなどという卑劣な手を使いさえしなければこの悲劇は起きなかった。黙秘権という最強の盾がしっかり使われていれば前田秋寿、河本咲都子という二人は死なずにすんだのかもしれないのだ。

咲都子の母は何も言わなかった。

涙をこらえているようにも、真実がわかったことに感謝しているようにも見える。だが無言のまま喫茶店を後にしていった。

うなだれたままの萩野をそのままにして杉村は窓の外、咲都子の母に頭を下げた。

エレベーターに乗ろうとして、こけそうになった。

かろうじて事なきを得たが、事務員や他の弁護士に笑われてしまった。

「杉村さん、行きますよ」

「ごめん、すべっちゃって」

エレベーターでは桐生が呆《あき》れた顔で見ている。さっき七条が通って行ったので、あいつのおかしな磁場に巻きこまれたのだろうか。

駐車場で車に乗りこむと、桐生がハンドルを握った。

「ホーム突き落とし事件、よかったですね。無罪判決が出て」

「ん、ああ、ありがとう」

咲都子の母とはあれから話していないが、これでよかったと思っている。勝ち組になりたい。そんな不純な動機で始めたこの商売だったが、初めて感じることがあった。お金や名誉なんて関係ない。真実を明らかにすることで人が心から喜んでくれる。そうか、こういう瞬間のために弁護士はみんな頑張っているのだと。

まあ、まずは次の事件に臨もう。

「傷害事件だったね」

「ええ、犯人性を否定しています」

怪しいですがねと桐生は続けた。どうやら被疑者は前科者らしい。

警察の留置場に向かうと、目つきの悪い大がらな男が姿を見せた。ぶあつい手には小指がない。いかにも筋ものという感じで、こういう状況でなければ、まともに話すのさえ怖いところだろう。

被疑者ノートを見せて、しばらく話した。

「やっていないんですね」

「ん？　ああ」

どこか自信なげな答えだった。本当のことを言って欲しいとしつこく問いかけるが、同じように答える。

「本当は覚えてねえんだ。バーに行ったあと、飲みつぶれていて」

「そのことを警察には言いましたか」

「いや」

杉村は遮蔽板の下の台に置いた手を組んで、静かに言った。

「黙秘してください」

今はためらわずに言える。警察や検察にしゃべることで余計な不利益を受けないよう盾で守りつつ、戦略を練る。僕は弁護士としてこの人の権利を守る。それが本当に困った人たちを救うことにもつながっていくんだ。

警察を出て事務所へと戻る。

「そう言えばこの前、鷹野さんが杉村さんのこと、褒めてましたよ」

桐生が話しかけてきた。

「えっ、なに？」

「最初に思ったよりはましだって」

「何だよ、それ」

苦笑いした。

それでも嬉《うれ》しかった。これまで僕は自分を卑屈に見過ぎていたのかもしれない。元ニートで運だけの男。勝ち組になりたいだけっていう志望動機。でも……それでいいじゃないか。過去や動機なんてどうでもいい。大事なのは今とこれからだ。

途中で『BRAVE PARTY XI』の広告が目に入った。

優れた弁護士たちに囲まれて、僕も少しはレベルアップできているのだろうか。無罪判決を得た今となればそうかなとも思うが、まだまだだと思う。

河本咲都子の母の心を救えたわけじゃない。彼女の娘、咲都子はもう帰らない。弁護士としてどうすれば傷ついた人たちを少しでも癒《いや》すことができるのだろう。鷹野は答えを知っているのだろうか。

「杉村さん、何か考えごとですか」

さすが桐生だ。目ざとい。

「ん？　まあ」

鷹野はどこに向かおうとしているのか。よくわからないが、とりあえず彼についていくしかない。そうだ。長い物には巻かれろ。それが僕の信条だったじゃないか。

「今度出る『BRAVE PARTY XI』買おうかなって」

明るく答えると、桐生は露骨にしかめ面をした。

「そんなものやる暇があったら、俺に頼らないで仕事してくださいよ」

桐生のため息を聞きながら、杉村はごめんごめんと微笑んだ。

6

何度ここに足を運んだだろう。

夕日を浴びて十字架が光っている。

赤羽《あかばね》にある教会。鷹野和也はその墓地に花を手向けた。

雨宮久美子《あまみやくみこ》。十五年前、彼女は何者かに殺害された。勤めていた法律事務所の前で待ち伏せされて殺されたのだ。犯人に手がかりはなく、疑われたのはこの俺だった。

俺は殺していない。

取り調べで何度そう訴えただろう。だが誰も聞く耳を持ってくれなかった。救ってくれたのは芽依の父、佐伯真樹夫だった。あれからもう十五年経つが、犯人らしい人物は見つかっていない。

鷹野はタクシーを拾い、世田谷《せたがや》に向かう。

静かな住宅街の角地に、三角屋根の小さな邸宅がある。

ここが久美子の実家だ。

出会った当時、彼女は静岡で一人暮らしだった。クリスチャンで厳格な両親のもと、久美子は育てられたと話していた。

玄関の前で立ち止まる。

このチャイムを初めて鳴らしたのは久美子の死後だった。

話すことは何もないと怒鳴られて追い返された。

やむを得ないことだろう。俺は刑事に疑われていた。久美子の両親からすれば、殺人犯としか思えなかっただろう。犯人を見つけて久美子の無念を晴らしたい。そんな訴えもしらじらしく聞こえて当然だ。

番号を変えてしまったようで電話も通じず、連絡はとれていない。母親が何年か前に亡くなったということだけは教会で聞いて知っている。

　鷹野はチャイムを押す指に力を込めた。

「はい。どなたですか？」

　久美子の父親、広明《ひろあき》の声が聞こえてきた。

「弁護士の鷹野です」

　名乗っても返事はなかった。

　やはりだめか。

　一秒一秒の経過が果てしなく長く感じられる。耐えられず鷹野は訴えた。

「お話しできませんか」

　しばらく待ったが、返事はなかった。

「雨宮さん」

「帰ってください」

　丁寧ではあるが凍《い》てつくような拒絶。十五年前と同じ反応だった。

　時の経過は雨宮広明の傷を少しも癒してはいない。当然だろうな。自分もそうだからよくわかる。

「どうしても確認させていただきたいことがあるんです」

　鷹野は声を大きくした。

「キムラヒデユキ。この名前の人物に心当たりありませんか」

「………」

「久美子さんを殺した犯人かもしれないんです。あちこち探しているんですが、どうしてもわからないんです」

返事はなかった。

「何か手がかりになるようなものでも、久美子さんが遺《のこ》していませんか」

一分、二分……待ち続けたがインターフォンはいつの間にか切れているようだ。

やはりだめだった。

予想通りではあったが、鷹野はうなだれて雨宮宅を後にする。

二十六年前、静岡で一家惨殺事件が起きた。殺されたのは四方《よも》田《た》初彦《はつひこ》という人物とその家族だ。彼から金を借りていた又吉学《またよしまなぶ》が逮捕され、着衣に被害者の血痕《けっこん》があったことが決定打となり有罪となった。これは俗に安倍川事件と呼ばれ、又吉は十年後、死刑に処されている。

だが当時、静岡地検にいた長《は》谷《せ》川《がわ》検事は、又吉が冤罪だと言って死んだ。彼が命と引き換えに残してくれたその名前は、ずっと心に刻まれている。

「キムラヒデユキ」

鷹野和也はその名前をつぶやいた。

久美子は死の直前、この事件の真犯人がわかりそうだと言っていた。もしかすると久美子はその真犯人に口封じのために殺されたのかもしれない。

以前、久美子はこう言ったことがある。

鷹野くんなら私よりいい弁護士になれるよ。

どうしてなのか、理由は聞いたことがなかった。

冗談だと思って聞き流していたくらいだったのに、皮肉にも俺は彼女の仇《かたき》を探すために弁護士となった。こんな俺を久美子は今、どう思っているのだろう。

だが考えていても仕方ない。行こうとつぶやいて駅に向かう。

少しだけ冷たい風が頬を撫《な》でた。

第二話　黒と白

1

二十二階へ上るエレベーターから、桐生雪彦は何気なく外を見た。

梅雨は明けたはずなのに、どうも最近、雨が多い。東京の街並みもかすんでいる。

雨といえば、最近嫌な夢を見た。

自分が裁判長として死刑判決を下した男が、後に冤罪《えんざい》だとわかる夢だ。既に死刑は執行されていて、どう責任を取るんだとマスコミが押しかけてくる。それを払いのけて官舎に戻ると、誰かがずぶ濡《ぬ》れで立っている。

どうしましたと声をかけるが、男は答えない。嫌な感じがした。

無視して傘を閉じ、ドアに手をのばす。すると息子の仇《かたき》だとその男は吠《ほ》えた。桐生が振り返ると、その男は叫びながら刃物を突き出した。男は死刑になった被告人の父親だった。腹部に刺された感触があって血が滴っている。そのまま意識が消えていく。

目が覚めると、寝汗をかいていた。

よく考えてみれば、おかしな夢だ。

裁判官として実務にあたった期間は短い。その間に死刑判決を出したことは一度もない。殺人のような重大犯罪は一人で裁くことはないし、自分のような若造が死刑事件で裁判長になることもありえないのだ。

とはいえ、冤罪への恐怖は裁判官になったときから常にある。

今でこそ弁護士という立場になったが、こういう夢は当時から何度も見た。どうやら弁護士になっても逃れられないようだ。

ルーム１に入る。おはようございますと挨拶《あいさつ》をした。

どうしたのだろう。みんなが待ち構えていたようにこちらを見た。

「ああ、桐生くん、依頼だよ」

杉村が手紙を手にしている。隣で梅津は紙コップをくわえていた。

「北海道からわざわざ、お前さんに頼みたいってさ」

「そんなところから？　何の依頼なんですか」

桐生の問いかけに、芽依が答えた。

「それが無実を証明して欲しいっていう依頼なんです。旭川《あさひかわ》刑務所から」

「旭川刑務所？」

収容する受刑者によって各刑務所には差がある。旭川刑務所はＬＢ級といって懲役十年以上の者や再犯者が収容されていて、受刑者の三分の一ほどが無期懲役囚だ。そこから再審請求の依頼ということは、殺人など大きな事件なのだろう。

桐生は依頼の手紙を広げた。

読む間も周りの視線が集まっている。みんな興味津々だ。桐生は受刑者である依頼人の名前のところで目を止めた。

「桐生くん、この出口聖大《でぐちまさひろ》って受刑者のことは知ってるの？」

杉村の問いに、桐生はうなずく。

「それは、はい。実はちょっと縁があるんです」

「そうなんですか？　どんな」

「彼の第一審、俺も裁判官として裁きに加わっていました」

ルーム1のメンバーは呆気《あっけ》にとられた。

「そのことを知って桐生さんに依頼してきたってことですか」

芽依の問いに梅津がコーヒーをすすった。

「だろうよ。じゃなきゃ何でわざわざ北海道から東京の弁護士に依頼するんだ」

「元裁判官に弁護してもらうことに何か意味があるんですかね」

「桐生くん、何か思い当たる？　事件について教えてよ」

事件のことは覚えているが、依頼されたことに思い当たる節はない。

「四年前、俺は札幌《さっぽろ》地裁で裁判官をやっていました。その時、一人の女子大生が殺される事件が起こったんです」

記憶がよみがえる。現場写真は凄惨《せいさん》だった。凶器は発見されていないが、鋭利なナイフのようなものだと思われ、傷は首筋や胸部など全身二十か所以上。血まみれの部屋だった。

「犯人として逮捕されたのがこの手紙の主である出口聖大。彼は当時、新聞配達員として彼女の部屋に新聞を配っていました」

梅津はコーヒーをすすった。

「出口ってのは何で犯人ってことになったんだ？」

「現場に彼のタオルが落ちていたんです。付着していた汗から、ＤＮＡ型が検出されました。被害者につきまとっていたという証人もいましたし、彼の自宅から被害者の女子大生をモデルにした絵も発見されています。その女子大生はモデルを務めていたわけでもなく、赤の他人なのに描かれていたようです」

「なるほど。盗撮よりも粘着質っぽいな」

梅津はコーヒーを飲みながら、顔をしかめた。

「絵描きさんだったんですか」

芽依が問いかけてくる。

「いえ、そういうわけではないんですが……」

「桐生くん、桐生くん」

杉村がネットで何かを検索していた。

「その絵ってこれのことかな？」

パソコン画面に表示されたのは、一枚の絵だった。

「そうです。これです」

芽依は片手を口に当てて、青ざめた顔になっている。桐生も画面を見た。

描かれているのは半裸の女性だった。暗闇の中、短い髪の女性がリンゴのようなものを手に微笑んでいる。

ところどころ色が塗られていない部分もあり、未完成なのだろう。真っ黒な髪と対照的な白い肌。筆致は極めて精密で、写実的だ。プロではないとはいえ、技術の高さは素人目にもわかる。よく見るとリンゴに見えたものは心臓だった。女性の胸元には大きな穴があり、心臓は自分のものらしいことがうかがえる。

不気味な絵だ。だが一番問題なのは、描かれているのが殺害された女子大生にそっくりなことだ。

「この絵は出口が逮捕されたとき、自宅から押収されたんです」

被害女性への異常な執着を表す証拠としても使われた。

「知らないところで娘をこんな風に描かれた上に殺されたんじゃ、残された親御さんはどれだけつらいだろうな」

梅津はしかめっつらだった。

「でも出口って人、無実だって言っているんですよね」

芽依の問いに桐生はええと応じた。桐生らが下した判決は無期懲役。出口は控訴、上告したがどちらもあっさり棄却されたらしい。

「依頼を受けて動くなら、再審請求を目指すことになります」

「開かずの門だね」

杉村がつぶやくように言った。再審請求は開かずの門と呼ばれている。ハードルは極めて高く、何百という請求があっても、一年に一度認められるかどうか。極めて困難だ。刑事事件の専門集団である我が師団坂法律事務所でさえ、これまで数十年の歴史で認められたのは一つ二つあるだけだ。

誰もが息を吐き出す。

「さてと、仕事やらなくちゃ」

「そうですね」

朝から盛り上がっていたが、とりあえず落ち着いたところで皆、それぞれの仕事へと戻っていった。この依頼を受けるかどうかはまだわからない。北海道まで行くとなると、他の仕事にも支障が出る。鷹野とも相談して決めなくては。

桐生は後ろ髪を引かれる思いで、その絵に背を向けた。

自宅に戻ると、夜の十一時を過ぎていた。

明日も公判がある。油断はできないし気を引きしめなければいけない。だが心はもう別の事件に向いていた。出口はどうして自分に依頼してきたのか。この俺が自分を裁いた判事の一人だと知ってのことなのか。それもわからない。

当事のことがよみがえる。

ＤＮＡ型の一致という物証もあり、罪状認否でも出口は自分がやったと答えた。そのため、争点は量刑ということになり、一日で結審の流れだった。ただ最後の被告人陳述で、出口はいきなり言い始めた。本当のことを言います。僕はやっていませんと。

　あのとき、法廷にいた誰もが呆気にとられた。自分は本当は殺していない。あの絵のモデルは被害者で間違いないが、集金でたまたまきれいな人を見たので描いただけだと言っていた。だがもちろん、そんな訴えが認められるはずもなく、出口は有罪となった。

　その後、出口の上訴は棄却され、無期懲役が確定した。

　最近見た夢のことがふっと浮かぶ。

　あの夢の中で俺は無実の被告人を死刑にしてしまい、被告人の父親に殺される。なぜあんな夢を繰り返し見るのか。心当たりがないわけではない。

　弁護士に転身したときからずっと引っかかっていることがある。

　――俺は人を裁く重圧から逃げたのか。

　そうじゃない。裁判官をやめたのは、あの世界がいやになったからだ。過去の判例にとらわれ、今必要な正義を求められない。上司たちは偉そうなことばかり言って、弱者を法の力で守ることなど二の次だ。見切りをつけて自分から飛び出してきたのだ。そう思う一方で心のずっと深い部分では、判決の重圧からずっと逃げだしたかったのかもしれない。そう思う自分がいる。何にせよ消化できていないことがあるからこそ、夢を見るのだろう。

風呂《ふろ》から出ると、スマホに着信があった。

表示は鷹野だ。

「はい、もしもし」

「桐生、迷っているのか」

不意打ち的な言葉だった。

「鷹野さん、それって」

「出口聖大からの依頼のことだ。どうするかはお前の自由だ」

もちろん鷹野は知っているのだろう。この判決の起案は俺だったことを。出口が冤罪であるとは思えない。だがもし、万が一、そうだったとしたら……。この不安を鷹野は見抜いているのか。

やります、と返事をする前に通話は切れた。

桐生は出口が描いた絵をパソコンに表示する。自分の心臓を手に微笑む女性。この絵の彼女はめった刺しにされて殺された。出口が無実である可能性などあるのだろうか。彼はどうして俺に依頼してきたのか。俺は知りたい。

会いに行こう。心に決めるともう一度、絵の中の彼女を見る。

被害者の名前は田《た》代《しろ》真菜《まな》。

桐生は笑っているようで悲しんでいるような微笑みを、しばらく見つめていた。

2

新千歳《しんちとせ》空港で飛行機を降りた。

東京は初夏だが、久しぶりの北海道は少し肌寒かった。

過去に自分が裁いた人間を弁護する。あまりにも常識外れの依頼であることは百も承知だ。再審請求がかなうかどうかは別として、出口ともう一度向きあいたい。その思いだけでやって来た。

札幌市内に到着すると、時計を確認。もうすぐ約束の時間だ。

ここにもう一人、会いたい男がいる。曾根崎《そねざき》元《はじめ》。かつて札幌地裁にいたとき、部総括判事だった人物だ。急な連絡だったが、曾根崎は会ってくれるらしい。昼食をとる時間をもらって、寿司《すし》屋で会うことになった。

個室に通されて待っていると、縁の太い眼鏡に銀髪の男がやって来た。

「お久しぶりです。部長」

曾根崎は微笑むと、手を差し伸べてきた。

「活躍は聞いてるよ。たいしたもんだ」

「いえ」

「君ほど将来を期待されていた裁判官も少ない。どうして辞めたのか理解できなかったが、今になればわかる気がするよ」

裁判官の世界にもエリートコースとそうでないコースがある。最高裁と地方を行き来するのがエリートで、地方の裁判所をぐるぐる回っている裁判官はそうではないと言われる。俺は永遠に遠洋漁業だと曾根崎は自虐的に笑っていたのを覚えている。

俺はこの人にも失望していた。だが時間をおいて改めて会って見ると、不思議と懐かしささえ覚える。

二人は寿司をつまみながら、近況について語りあった。もっとも話すのはほとんど曾根崎の方で、桐生は相槌《あいづち》を打ちながら寿司を味わっていた。

「それで桐生くん、何の用事だ」

曾根崎はおしぼりで口元をぬぐった。相変わらず食べ終わるのが早い。聞きにくいことではあるが、このために来てもらったのだ。

「四年前に起きた女子大生殺人事件を覚えていますか」

桐生は切り出す。曾根崎はこちらを見ることもなく、ああと答えた。

「出口聖大から再審請求の弁護をして欲しいと依頼があったんです」

曾根崎の眉根《まゆね》にしわが寄った。

一緒に仕事をしていたからよくわかる。この人の法廷外での感情の揺れは意外とわかりやすい。

「君はあの時の判決が間違いだったというのか」

桐生はいえと小さく言ったまま、しばらく口を閉ざした。

「何をもって無罪だと訴えているのか知らんが、桐生くん、出口の描いた絵を覚えているか」

「ええ」

「出口は正気じゃない」

「だから犯人で間違いないと思われたんですか」

やや挑発的な物言いに、曾根崎の顔は険しくなった。

「内心を正直に述べただけだよ。その依頼も正気だとは思えないな。君はただ出口に振り回されているだけじゃないのか」

「そうかもしれません」

「もっとも冤罪は偏見から起こる。私は内心と裁判官としての判断はしっかり分けようと常に気を配っているつもりだがね」

失礼しました、と桐生は頭を下げた。

確かに曾根崎の仕事ぶりはそうだった。当時から公正・公平であることを徹底し、丁寧な判決文を書くことで知られていて、無罪判決が上訴審で覆されたことは一度もない。彼はエリートコースではなかったが、まさに裁くプロだった。だから桐生も曾根崎のことを尊敬していたし、だからこそ失望の谷は深かった。

「この事件には決定的ともいえる物証があっただろう」

現場に落ちていた出口のタオルだ。

「確かに状況的には、出口で間違いないでしょう。でも可能性としては他にも考えられます。何者かが出口に罪をなすりつけようとした、とか」

曾根崎はしばらく黙っていた。

「弁護士になって屁理屈《へりくつ》がうまくなったな。前の君はもっと公正・公平だった。可能性で無罪を勝ちとれるなら、誰も苦労はしない」

確かにそうだ。可能性があったとしても、それを証明することができなければ、意味などないのだ。こんな調子では開かずの門が開くはずもない。

「桐生くん、最後に言っておいてやろう」

曾根崎は立ち上がった。

「君の正義感はたいしたものだ。自分で裁いた事件を弁護士になった後に再調査する。マスコミが喜びそうなネタだな。まあ、それだけだが」

「…………」

「だが私には君にはない経験がある。君が生まれるころから裁判官としてやってきているからね」

その瞳《ひとみ》は深い自信に満ちていた。知っている。この人は確かに優れた判事だ。しかし一方で自分の信念を譲らない面もある。

「出口は紛れもなく、いかれた人殺しだ」

軽く桐生の肩を叩《たた》いた。

「まあ、気のすむまで頑張りたまえ。応援しているよ」

曾根崎は背を向け、二人分の会計を済ませると、店を出ていった。


ビジネスホテルにチェックインすると、レンタカーで旭川刑務所に向かう。

刑務所に着くと手続きをしてしばらく待つ。

やがて呼ばれて接見室へと足を向けた。

桐生が中に入るとほぼ同時に、受刑者が一人、顔をのぞかせる。年齢は四十代半ば。丸坊主の痩《や》せた男だ。

出口聖大。

四年経っているが、変わらない。目を合わせているようで、視線は微妙にずれて桐生の首筋辺りにある。

「本当に来てくださったんですね」

こちらが挨拶する前に、出口は口を開いた。

「助けてください。私はやっていません。無実なんです」

「お手紙は拝見しました」

桐生はいつものように、努めて冷静に切り出す。

「弁護士は信頼できません。でも頼る相手は結局、弁護士しかない。どうすればいいかって悩み、あなたがいいって」

「どうして私だったんですか」

　桐生は出口の瞳をじっと見つめた。

「出口さん、自分はまだ経験が浅い半人前です。しかもあなたに有罪判決を出した裁判官の一人。判決書を起案したのも私です。弁護士を頼むにせよ、交通費の負担が少ない地元の人とか、他にいくらでも選択肢はあったでしょう？　それなのにどうして私に依頼してきたんですか」

　出口は何度かうなずいた。

「あなただけだったんです」

「私だけ？　何がですか」

「検事も刑事も最初から私が犯人だって決めつけていた。弁護士も私の言うことをまともに聞いてくれなかった。裁判長も同じです。裁判員だって全員そうだった。でも桐生先生、あなただけは違っていた」

　出口は遮蔽板《しゃへいばん》に顔を近づけた。

「私が最終陳述で本当はやっていないと言ったとき、桐生さん、あなただけが私を否定せずに話を聞いてくれました。忘れませんよ」

　思いがけない言葉に、桐生は言葉を失った。

　あのとき、裁判長の曾根崎は憤慨していた。今になって突然何を言っている。きっと誰もがそんな思いだったろう。桐生は本当に殺していないのかと訊《たず》ねた。わずかでも無実の可能性があるなら、それを逃してはいけないと思ったのだ。

「あなたが弁護士になったと最近になって聞いたので、藁《わら》にもすがる思いで依頼したんです」

出口は真剣な顔でこちらを見ている。

そうか、そういうことだったのか。ただ自分も曾根崎と同じで、いまさらという感じが強かった。出口の言うことが真実であるなどとは思っていない。出口の思いを聞き、後ろめたさを感じた。

「わかりました。あなたの依頼、お引き受けします。ただ出口さん、再審請求は簡単ではありません」

有罪証拠となったのは、現場に落ちていたタオルだ。このタオルに付着していた汗から出口のＤＮＡ型が検出されている。被害者のすぐわきに落ちていたという。

「出口さん、あのタオルは間違いなくあなたのものですか」

「はい。それはそうです」

本人が認めている以上、ＤＮＡ型の再鑑定をする意味はない。

「どうして現場にあなたのタオルがあったのか。何か思いつく理由がありますか」

桐生の問いに、出口は下唇を噛《か》みしめた。

「誰かが置いたんです。私を陥れるために」

出口は興奮気味に言った。

「あの日、配達に出る時は確かに首にかけていました。ないのに気づいたのは配達の最後の方ですよ。どこへ落としたんだろうって。きっと私が落としたのを誰かが拾って、現場に置いたんです」

桐生は口を閉ざす。確かに可能性はゼロではない。だが……。

「本当なんです。私はやっていない。本当の犯人が私に罪をかぶせたんです。桐生先生、どうかそいつを見つけ出してください」

その視線は桐生の目をとらえて離さなかった。

正直、真犯人を見つけるなど不可能だろう。新証拠が見つからない限り、無実の証明が苦しいことは目に見えている。

「もう一つお聞きしたいことがあります。あなたが田代真菜さんにつきまとっていたという証言があります。出口さん、あなたは被害者の田代さんと何の関係もないんですか」

「仕事中にたまたま見かけただけですよ。つきまとってなどいません」

「ではどういう理由であの絵を描いたんですか」

「理由？」

「あなたは新聞配達のかたわら、趣味で絵を描いていたんでしょう？　モデルを頼んだわけでもないのにどうして勝手に彼女を描いたんですか」

問いかけると、すぐに返事は来なかった。出口は趣味という言葉を小さくくり返す。

「内面から燃え上がってくるものに、言葉による説明はできませんよ」

出口の視線はこちらを向いていたが、またどこかそれていた。

「信じてください。私は無実なんです！」

正直なところ、出口の言葉が真実なのかどうか自分にはわからない。ただもしこの叫びが本当であったなら……。

哀願のような訴えを受けて、桐生は旭川刑務所を後にした。


桐生は札幌市内のホテルに戻り、一泊した。

出口の主張は誰かに罪に陥れられたというものだった。

裁判官の立場なら、根拠なしとして切り捨てていく主張だ。だが今の俺は弁護士。出口の訴えを信じてそれを証明するしかない。

出口は新聞販売店で朝刊と夕刊の配達をしていた。それ以外に集金もしており、何年も真面目に働いてきたのは事実だ。親しい友人は皆無で、新聞配達と絵を描くだけの生活だったらしい。

突破口はやはり、現場にあったタオル……か。

出口があの場で落としたのではないと仮定しても、色々な可能性がある。ただ事件に無関係の誰かがタオルを拾って現場に置くとは考えにくい。置いたのは真犯人だろう。とすればタオルを拾った時点で持ち主に罪をなすりつけようとしていたということになる。

真犯人の立場で考えるなら、偶然落ちていたタオルを現場に置いても、持ち主に罪をなすりつけられる可能性は低い。事件のあった時刻、その近辺にいた人物になすりつけようとするはずだ。そうすると、出口の隙《すき》をついて奪ったという可能性の方が高いように思える。

当時の状況を確認し直せば、アリバイが見つかるかもしれない。

そう思い、販売店に向かう。

年配の男性が、自転車を整備しているところだった。

「すみません。少しよろしいでしょうか」

声をかけて桐生は弁護士だと名乗った。新聞販売所の中で少し話を聞くことにした。

「出口くんのことか。ううん」

篠田《しのだ》保志《やすし》という店長だった。桐生は出口が今も無実を訴えていると説明する。

「そういうわけで、聞きたいのは現場に落ちていたタオルのことなんです」

ああと篠田は何度か首を縦に振った。

「あのときは俺も警察に事情を聞かれたんでよく覚えているよ。あの日、出口くんは配達から帰ってくると、タオルを落としたようだって言っていた」

「間違いないですか」

「ああ、私は言ってやったんだよ。よく自転車のかごにタオルを忘れているから、そこにないのかって。でもないみたいで」

　そうか、出口は配達中、ずっと首にタオルをかけていたわけではない。かごに入れていた時もある。もし真犯人が出口に罪を着せようとしたのだとしたら、落としたタオルを拾ったと考えるより、かごにあったタオルを奪ったと考える方が自然だ。

「職場の人間関係はどうでした？　トラブルとかは」

「これといってないね。若い奴らはひそひそ噂してたけどな。将来、あんなふうにはなりたくないって。でも喧嘩《けんか》とかもめている様子はなかったよ」

　ふうと篠田はため息をつく。

「出口くんが本当にやったのかどうかは知らんが、新聞配達が殺人の手段に使われるなんてたまったもんじゃない。もういいかい？」

　桐生はふと、篠田の背後を見た。広告を整理する棚の下には、一から八まで番号のふられたフックがあって、冊子のようなものがそれぞれにかかっている。

「それは何ですか」

「ああ、配達表ですよ。出口くんは五番が担当だった」

　配達員はそれぞれ区域を受け持っていて、一人が二百軒ほど配るらしい。出口は殺された田代真菜の区を担当していた。

「四年前と変わってますか」

「まあね、最近は新聞辞める人も多いし、建物だってあちこち変わっている」

「当時の配達表ってありますか」

はあと篠田はため息をつく。

「貸していただけますか」

篠田はしぶしぶという感じだったが、当時の配達表を探して持ってきてくれた。親切に地図まで添えて手渡された。

「アリバイでも探すのかい。ご苦労なことだが、警察もあの時の弁護士も散々探しているんだ。今さら無駄だよ」

「ありがとうございます」

篠田の言うとおりかもしれないが、やれることからやらなくては。当時、出口が自転車に乗って新聞配達をしていたルートを自分の足で回ってみる必要がある。そう思いながら桐生は配達表を眺めた。

そこには配達の順番が書かれている。死亡推定時刻は午前四時ごろ。マンション住人も女性の叫び声を聞いている。

篠田は自転車の後ろにチューブで新聞をくりつけている。

「今からそのルート、夕刊の配達に行くんだ」

なぜか自転車が二台用意されている。篠田は微笑みながらサドルをぽんぽんと叩いた。

「よかったら、ついて来るかい？」

「ああ、はい。よろしくお願いします」

驚きつつも桐生は自転車を借りて、篠田の後についていくことになった。

自転車なんて乗るのはいつ以来だろう。最初こそ少し戸惑ったが、すぐに昔の感覚が戻ってくる。坂道がなく走りやすい。北海道のさわやかな風を感じつつ、桐生は時間を計りながら篠田の後についていった。

篠田はよどみなく新聞を次々と放り込んでいく。その様子を見ながら桐生は思った。こんな調子でタオルを奪うことができるだろうか。自転車を停めて新聞を配りに行っても、戻ってくるまでの短期間で誰かが持ち去るのは難しい。奪えても出口に見られてしまう。

「ここが大変なんだよ」

十階建ての市営住宅まで来て篠田はため息をついた。

新聞をいくつか抱えると、駐車場に自転車を残してエレベーターで最上階まで上がる。階段を下りながら放り込んでいく。早足で配っていたが、三、四分ほどかかった。

そうか、ここなら奪える。

配達中、自転車は見えない。しかも新聞配達ならほぼ毎日、決まったパターンだ。この市営住宅に配る際、出口はタオルを自転車に置いていったとしたら？　そしてそのことを知る誰かがいるとしたら？

配達は二時間ほどかかった。出口の受け持っているエリアは田代真菜のマンションからいずれも十分以内で行ける距離だ。

予想はしていたがアリバイ証明はやはり苦しい。とはいえ篠田の後について実際に回ってみて、少し見える気がした。市営住宅に新聞を配る時なら、かごからタオルを奪うことは容易だ。これが突破口にならないか。

「これ土産だ。持ってってくれ」

何だろう。ルーム1のみんなにあげられるかと思ったら、新聞店のタオルだった。桐生は苦笑いする。

「ありがとうございます。それじゃあ」

篠田と別れると、日が暮れてきた。

飛行機の時間が近づいてくる。

桐生は空港に向かう途中、ある場所を訪ねた。

ボロボロで今にも崩れそうな木造のアパートだ。集合ポストの一〇四号室に出口と書かれている。出口は事件当時、母親と二人で暮らしていた。母親はあれから実家を売り払い、ここで一人で暮らしているという。

チャイムを鳴らすと、年老いた女性が姿を見せた。

法廷で見たことがある。出口の母親だ。

「はい」

「師団坂法律事務所の桐生といいます」

出口の母親は瞬《まばた》きを忘れたように、渡した名刺と桐生の顔を交互に見た。

「実は息子さんから依頼がありまして。再審請求できないか探っているところです。よろしければ、息子さんのことで何かお聞きできればと……」

「そうでしたか」

中に入れてもらった。母親は涙ぐんでいる。

「どうかされましたか」

「いえ、他の弁護士さんに頼んでも誰も相手にしてくれなくて。東京から本当に来てくださるなんて思いもしなかったから。弁護士費用はちゃんと払いますので」

桐生を呼ぶというのは、この母親が言い出したことだったようだ。

「聖大は友人もなくずっと一人でした。絵を描く才能だけはあったと思うんですが、母子家庭で生活に苦しくて美大にもやることができませんでした」

高校の教師にはすごい才能があると言われていたらしい。

「就職してまじめに働いていたんです。でもリストラされて未来が見えず、四十になって。聖大は仕事以外はただ絵を一人で描き続けるだけでした」

「そうでしたか」

室内は殺風景だった。かなり苦しい生活だったと言うのがうかがえる。ただ押しいれには絵がいくつもあった。

「聖大の描いたものです」

大小いくつものキャンバスに、風景画や静物画などが描かれている。作風も様々に描きわけられ、どれも異様に上手い。ただ人物画はないようだ。

「田代さんを描いたのは、あの絵だけだったんですか」

「私の知る限りではそうです」

もうしばらく、出口のことを聞いた。自分の絵がどうして世間に認められないのかという無念を抱えていたらしい。

「どうかよろしくお願いします」

アパートを後にした。

確か法廷で見たときはあんなに髪は白くなかった。一人息子の逮捕後、彼女が苦労したことは想像に難くない。想像を絶するような日々だったのだろう。

もし出口が本当に無実なら、俺は彼だけでなくあの母親の人生も無茶苦茶にしたことになる。あの夢で見たように、刺されても仕方ないほどの罪だ。

だがそんなことを考えていても仕方ない。もし俺がそんな罪を犯したのであれば、償うには出口の無実を証明していく以外にないのだ。

3

しばらく日が流れた。

「悪いんだけどさ、桐生くん」

杉村がもみ手をした。

「派遣労働者の弁護がやばくて。助けて」

桐生は杉村と芽依から相談を受けて、一緒に弁護方針を検討した。

派遣労働をしている男性が、社長を殴ったという事案だ。将来を絶望し、やってしまったという。どうやらその派遣労働者は出口と同じように会社をリストラされ、低賃金で働いていたらしい。

「一発逆転を狙ってラノベの賞にいくつも応募したのに、ことごとく駄目で自棄《やけ》になっちゃったんだって。困ったもんだよ。まあ、人のことは言えないけど」

杉村は自虐的に言った。

芽依がコーヒーを淹《い》れてくれたので、それに口をつける。

「助かりました。さすが桐生さん」

「いえ、困ったときはお互い様です」

「桐生さんって今、例の女子大生殺人事件を調べているんですよね」

隠す理由もないので、ええと答える。

「このおみやげ、桐生さんのですよね。北海道ですか。いいなあ」

ホワイトチョコのクッキーをかじりながら、杉村と芽依はごちそうさまです、とコーヒーをすすった。

「桐生さんって、本当にストイックですよね」

「そうでしょうか」

「裁判官から弁護士になった人はいくらでもいますけど、自分が関わった裁判の被告人を弁護する人はそうそういないんじゃないですか」

「依頼されたからですよ」

「もしそうでも、引き受けたのは桐生さんの意志ですよね。しかも再審請求だなんて」

尊敬のまなざしから逃げるように、桐生は窓の外を見る。雨が降っていた。

「納得できるまで調べたい。そう思っただけです」

ふうん、と芽依も真似するようにカップを口に運んだ。

少し間があって、杉村が問いかけてくる。

「人の行動ってさ、その背景が重要だと思うんだよね。さっきの被告人は人生に絶望して社長を殴っちゃったじゃない？　一発逆転を狙っていたけどうまくいかずに。僕が弁護士になったのも一発逆転を狙っただけなんだけどね」

「桐生さんってどうして裁判官をやめたんですか」

芽依の不意打ち的な問いに、言葉につまった。

「桐生さんならきっと上まで行けたと思うけどな」

この子は時々核心をついてくる。本人にその気があるのかどうかしらないが。答えずにいると芽依はそれ以上、追及して来なかった。

「それじゃあ、桐生さん。今度のお土産はバターサンドでお願いします」

芽依は微笑むと、杉村とともにどこかに去っていった。

桐生はコーヒーを飲みつつ、出口の事件の資料をとり出した。篠田に借りた配達表に視線を落とす。

タオルが真犯人によって奪われて故意に置かれた。

これが基本線だ。そしてタオルが奪われたと仮定したなら、十階建ての市営住宅に新聞を届けているとき。この辺りをもっと徹底的に調べてみるべきかもしれない。


週末、再び北海道へ飛んだ。

あれから販売所の配達員について調べてみた。だが殺された田代真菜と関係のありそうな人物はわからない。

十階建ての市営住宅まで来て足が止まった。店長の篠田によると夜中は防犯のため、エレベーターが一階ごとに止まるので朝刊配達が面倒くさいという。

やはりここが一番怪しい。

田代真菜は午前四時くらいに殺されている。先にタオルを奪ってから殺害する方が罪をなすりつけようとする計画としては自然だ。

出口は午前三時四十分から四十五分ごろ、市営住宅に新聞を配っている。市営住宅から田代真菜のマンションまでは七、八分。タオルを奪って真菜を殺し、逃げ去ることは物理的に十分可能だ。

何気なく周りを観察していると、大きな住宅が目につく。

はっとした。表札に見覚えのある名前があった。

水無瀬《みなせ》。

確か検察側の証人と同じ苗字《みょうじ》だ。珍しかったので覚えている。

迷いがあったが、いちかばちか桐生は水無瀬家のインターフォンに指をのばす。

はいという声が聞こえ、女性が顔を見せた。家政婦だという。桐生は弁護士だと伝えた。

「突然で失礼ですが、こちらに水無瀬弓花《ゆみか》さんはおられますか」

「ええ、おられますよ。お待ちください」

当たりだった。どうぞと中へ通された。

田代真菜の友人、水無瀬弓花は彼女と同じ女子大の服飾科に通っていて、一番仲が良かったという。彼女は公判において出口がストーカー行為を働いていたと証言した。それにしても目をつけた市営住宅のこんな近くに証人が住んでいるとは。

とろんとした目の女性がやってきた。

奥二重の目で背が高く、ショートカットがよく似合う。

「水無瀬弓花さんですね」

「はい」

四年前の裁判で裁判官をしていたと告げると、さすがに驚いた様子だった。

「あの、それで私に何のご用ですか」

「実は出口さんから無実を証明して欲しいと依頼を受けました」

「は？　あの人が犯人に決まっているじゃないですか。真菜をモデルにあんな絵を描く人ですよ」

思い出すだけで怖いと言って、弓花は体を抱きしめるように震えた。

「水無瀬さんは公判で証言されましたよね。出口さんが田代さんにつきまとっていたと」

「それは、はい」

「出口さんを見たのは彼女のマンションでしたよね」

「はい。真菜のマンションに遊びに行っていたとき、出口が新聞の集金に来たことがあったんです。真菜の部屋をのぞいていて気持ちが悪くて。彼女は就活のために新聞をとり始めたそうだけど、他の新聞に替えたらって言ったんですけど」

「間違いなく出口さんだったんですか」

「そう思いますけど」

百パーセント間違いないと言い切れるわけではないようだ。

人の記憶は自分で思うより曖昧《あいまい》だ。出口が描いた絵の印象が強烈過ぎて、犯人だと思いこんだ可能性だってある。

「ですが出口さんはストーカー行為はしていないと言っていますよ」

弓花は否定されたと感じたようで口元をゆがめた。

「だったらどうしてあの絵の真菜は短い髪で描かれているんですか」

「田代さんをモデルにしたという例の絵ですね」

「はい。あの絵の真菜の髪は短く描かれています。でも真菜はずっと長い髪でした。あの子が髪を短くしたのって、殺された日の前日ですよ」

ほらと言って弓花はアルバムを持ち出した。

そこには長い髪の田代真菜が写っていた。なるほどそのすべてがロングヘアだ。絵なので髪の長さなど自由に描けるが、殺害される直前に切ったばかりというのは引っかかる。だがこんなことは初めて聞いた。

「出口はいつもつきまとっていたから、真菜が髪を切ったのを知ってたってことでしょう？　せめて反省しているかと思ったのに。私、出口が本当に赦《ゆる》せないです」

弓花は目がしらに手を当てた。

「真菜は何で殺されなきゃいけなかったんですか」

そう言えば証言台でも泣いていたなと昔のことを思い出す。涙ぐむ弓花の横顔を桐生はじっと見つめていた。

札幌を出て、レンタカーで旭川に向かった。

必死で育てた苗があっさり刈り取られていく感覚だ。アリバイやタオルを真犯人に置かれた可能性について探し回ったが、逆に出口に不利な情報が出てきた。弓花から聞いた美容院に問いあわせてみると、店の人が当時のことを覚えていた。弓花の言うとおりで、真菜は殺される前日、ずっと長く伸ばしていた髪を切っていたことがわかった。

旭川刑務所で接見を申し込む。

間もなく出口が姿を見せた。

「桐生先生、あれからどうですか」

真犯人について何かわかりましたか、と聞いてきた。

桐生は調べたことをかいつまんで話していく。まだこれといって何も進展がないことがわかると、出口は肩を落とした。

「出口さん、一つ聞かせてください」

「何ですか」

「あなたが描かれた田代さんの絵、どうして髪が短いんですか」

田代真菜が長い髪をばっさり切ったのは、殺される前日。桐生がそのことを告げると、出口はえっと言ったまま、固まった。

「説明してください。あなたは田代さんを集金の際に見かけただけじゃなかったんですか」

返事がない。出口はうなだれていた。

「田代さんにつきまとっていたんですか」

「……すみません」

ようやく出口は重い口を開いた。桐生はため息をつきたくなった。

「あなたは集金で田代さんを見かけ、ずっとつきまとっていた。だから髪を切ったことも知っていたんですか」

出口はため息をついた。

「集金は無関係です。集金に行ったことはありますが、彼女は不在でした。まだ契約したてだったので、私は一度も集金したことはありません」

それではやはりストーキングしていたということか。だが桐生は出口の受け応えとは別のことが気になっていた。

おかしい。

水無瀬弓花が出口を見かけたのは集金のときだったはずだ。だが集金に行ったときに不在だったという出口の話が本当なら、矛盾が生じることになる。出口と弓花、どちらかが嘘をついている。どっちだ。どっちが本当なんだ。よくわからない。

「でも殺していません！　本当です。桐生先生、どうか信じてください」

出口は必死で訴えていた。

桐生は黙ったまま、彼の顔を見つめている。俺は今、真実がどこにあるのか、よくわからなくなっている。

「少し考えさせてください」

桐生は刑務所を後にした。

東京へとんぼ返りし、また日常が戻ってきた。

接見を終えると、事務所へと向かう。

ずっと頭にあるのは、集金をめぐる出口と弓花の食い違いだ。

あれから新聞販売所の店長の篠田に電話で確認した。田代真菜の集金について、出口の言った通り不在だったため、後に篠田が集金したという。

つまり嘘をついていたのは水無瀬弓花の方だ。

水無瀬弓花。彼女についてもっと深く調べていくべきだ。

ルーム1に向かうと、梅津が小包を手にしていた。

「よっ、いつもご苦労さん」

「おつかれさまです」

「ちょうどいいところに帰って来たな。これ、お前さんあてに届いたところだ」

受けとると、差出人の名前がない。

「梅津さん、これ何ですか」

「さあな。まあ、爆発物じゃないだろ」

重みは少しあるが、ずしりとした感じではない。何だろう。

桐生は気になってすぐに開けてみた。

新聞紙に何重にも包まれている。

桐生は目を大きく開ける。

「まさか、これって……」

出てきたのは、大きな裁《た》ち鋏《ばさみ》だった。刃渡りは二十センチ近くあるだろう。刃の部分に赤黒い染みがついている。

心臓が激しく鳴っている。

裁ち鋏に直接手を触れないようにして箱から取り出すと、底の方に便せんが一枚、入っていた。ワープロ打ちの文字だ。

――突然このようなものを送って申し訳ありません。これは四年前に田代真菜さんを殺した凶器です。出口聖大さんに罪を着せて申し訳ありませんでした。出口さんは無実です。本当にすみませんでした。

何てことだ……。

桐生はしばらく言葉をなくしていた。この凶器は本物だろうか。いや、付着している血液を鑑定すればすぐにわかるだろう。いったい誰だ。誰がこんなものを俺のもとへ……。

梅津が近づいてきた。手にコーヒーがこぼれている。

「おいおい。それってやばいやつだろ」

周りの事務員たちもざわめきながら集まってくる。

胸の鼓動が響いている。心とは裏腹に冷めた目のまま、桐生はその赤黒く変色した裁ち鋏を見つめていた。

4

法廷を出ると、焼けつくような日差しが照りつけていた。

九月に入ったとはいえ、残暑は厳しい。

裁ち鋏が送られてきてから、一か月が経過した。

あれから桐生は裁ち鋏を新証拠として出口の再審請求を求めた。裁ち鋏に付いた血液の鑑定の結果、検出された血液は二種類。その一つは田代真菜のもので間違いなく、傷口の形状とも一致した。

もう一つの血液は犯人のものと思われるが、出口のＤＮＡ型とは一致しなかった。この新証拠によって再審開始が決定したのだ。

タクシーを拾う前に、知らない女性から呼び止められた。

「あの、桐生先生、サインお願いします」

色紙とペンが差し出されたが、丁重に断る。タレント弁護士ならいざ知らず、自分は一介の弁護士に過ぎないのだ。

「やっぱりそうなんですね。この前、傍聴仲間の友人が桐生先生にサインを書いてもらって喜んでいたけど、よく見るとおかしいんです」

なんとなく嫌な気がしてきた。

「すごく手《て》馴《な》れたサインだったけど、7って数字が大きく書いてあって」

「7という数字？」

すぐに浮かぶ顔があった。

「そうなんですよ。やっぱりあれは桐生先生じゃなかったんですね」

偽者の弁護士はまずあいつだろうが、口に出すのも馬鹿らしいので指摘せずにおいた。

依頼人の相談業務を終えてから、桐生は行きつけの居酒屋に慌てて向かった。

「桐生くん、遅いよ」

奥の席から杉村が手招いている。

「主役が遅れちゃ、駄目ですよ」

からかうように笑う芽依と梅津の姿もあった。

「俺は何もしていませんよ」

「そんなことないですよ、桐生さん。ずっと努力してきたこと、私はちゃんと見ていますから」

芽依は自分のことのように誇らしげだが、桐生は首を横に振った。

「祝杯と行くか」

「無罪判決が出てからにしてください」

「まあいいじゃん。とりあえず乾杯！」

杉村が強引に音頭をとってグラスが打ち鳴らされる。

居酒屋のテレビでは、出口の再審開始決定のニュースが始まった。これまでの事件経緯と新証拠によって再審開始決定が出たことが報じられる。皆黙って感慨深げにその様子を見つめていた。

やがて場面は師団坂法律事務所に変わった。取材はすべて断っているはずだが、鷹野が受けたのだろうか。

「妥当な判断だったと思います」

その瞬間、杉村がビールを噴き出した。

毅然《きぜん》とした態度で答えている弁護士は七条だった。

「なんでこいつがインタビュー受けてるんですか」

誰もが呆気に取られてものも言えないという顔だ。すぐに画面が別のニュースに切り替わったが、今のは確かに七条だった。

「こいつはもう、どうしようもないな」

梅津が仕切り直し、それから会は終電間際まで盛り上がった。

やがて散会となった。

みんなとは別れ、駅へと向かう。

桐生はつり革につかまりつつ、窓に反射する自分を見つめた。

再審開始決定。

それは再審請求を手掛けてきた弁護士にとって、この上ない喜びに違いない。だが俺の場合だけは決して手ばなしで喜べない。自分が関わった過去の判決の誤りが明らかになったのだから。

ポケットのスマホが振動している。

鷹野からだ。桐生はすぐに通話に出る。

「検察が即時抗告した」

つながると同時に、いきなりの言葉だった。

「出口の身柄釈放もないようだ」

「え、どうしてですか」

「さあな。今はまだわからない」

そう告げた鷹野に礼だけを伝えると、通話を切った。

なんてことだ。

新証拠が出てきて再審開始が認められた場合、被告人の身柄は釈放されるのが最近の通例になりつつあった。再審開始が認められても検察に即時抗告されてしまうと、戦いは長期戦となる。その間に寿命を迎える被告人もいる。

出口聖大はまだ若い。だがその母はもう老齢だ。激しい怒りがめらめらとわいてきた。

翌日、北海道に降り立ち、桐生はもう一度、出口に接見した。

旭川刑務所の接見室。

遮蔽板の向こうに姿を見せた出口は、以前よりやつれて見えた。せっかくの再審開始決定だったのに、即時抗告で心を折られたように見えた。

接見室を出ると、一人の女性がいた。出口の母だった。

「ではまだ聖大は釈放されないんですか」

残念ですが、と桐生は静かに答えた。

「桐生先生、どうしてなんですか」

出口の母は混乱している様子だった。落ち着いてくださいとなだめる。

凶器が送られてきたうえに、そこには別人の血液が付着。それなのに身柄が解放されないという事態に直面して、出口の母は混乱していた。

「これから何年も戦うんですか？　本当に勝てるんですか」

「出口さん、落ち着いてください」

努めて冷静に桐生はなだめた。興奮気味だった出口の母はせき込んでいる。

「きっと、真犯人は絞り込めます」

「絞り込む？」

「真犯人につながるヒントはタイミングです」

「タイミング、ですか」

桐生はうなずく。

「そうです」

あの裁ち鋏が送られてきたのは、桐生が事件について再調査を始めて間もなくのタイミングだった。送り主が誰なのか、候補は限られてくる。

「桐生先生、あてがあるんですか」

「期待して待っていてください」

水無瀬弓花。彼女以外にいない。

彼女は嘘をついていた。集金のときに出口を見かけたというのは完全に嘘だ。タオルについての確証こそないが、小包で凶器を送ってきた理由は、本人に聞けばすぐにわかるだろう。

「信じてください。息子さんは無実です」

桐生はしっかりと出口の母を見つめた。

出口の母は黙りこんでいたが、やがてその頬を涙が伝った。

「信じます！　お願いします、桐生先生」

桐生は大きくうなずくと、拘置所を出た。

行こう。直接会って今度こそけりをつけてやる。

日が暮れかけている。

飛行機の時刻まですぐだが、もう構わない。

今度こそ、ここで終わらせる。

向かった先は、市内にある住宅地だった。十階建ての市営住宅が見える。車を降りて、大きな邸宅を見上げる。

インターフォンを鳴らすと、水無瀬弓花の声が聞こえた。

「あ、はい」

「弁護士の桐生です」

弓花は中に通してくれた。

「出口の再審開始のこと、ニュースで見て驚きました」

弓花は大きく息を吐いた。

「でもすぐに釈放というわけにはいかないんですね」

勧められ、桐生は高級そうなソファーに腰かけた。弓花は紅茶を淹れてきてくれた。

桐生はカップに手をのばしたが、途中で止めた。

「お聞きしたいことがありまして」

「何ですか」

「これをご存じですよね」

送られてきた裁ち鋏の写真を見せると、はっとしたように弓花は目を開いた。

「この裁ち鋏から犯人のものと思われる血液が検出されました。田代さんのものでもなく、出口さんのものでもない。警察が犯罪者のＤＮＡ型を調べているようですが、一致する者はいないようです」

桐生は顔を上げてしっかりと弓花を見つめた。

「ただあなたの血液を採取して鑑定すれば、一致するかもしれません」

「……桐生さん」

「あなたですね？　田代さんを殺したのは？」

桐生は弓花をじっと見つめた。

彼女は無言のままだった。声は発しなかったが、その反応で十分だった。やはり田代真菜を殺したのは彼女だ。

長い間があって、ようやく弓花は口を開いた。

「そうです。私が真菜を殺したんです」

弓花の頬をつたって、ひとすじの涙が零《こぼ》れ落ちていく。

「あの子は私からすべて奪っていったから」

そう言って、弓花は遠くを見つめた。

「本当にいい子だったんです。可愛いし、明るくてみんなの人気者。私も大好きだった。でも授業の課題を仕上げていく中、だんだんと気づきました。あの子、私のアイディアを盗んでいたんです」

「アイディアを盗んだ？」

「はい。服のデザインです。私が思いついたオリジナルのデザインをこっそり使って、私よりうまく仕上げていたんです。彼女は新しいものを生み出す才能はなかったけれど、器用だったからいつも褒められていました」

弓花は首を左右に振った。

「何度もそんなことがあったから悔しかったけど、私は黙っていました。私のアイディアも真菜が使ってくれたから輝けたんだって。でも彼女が奪っていったのはそれだけじゃなかったんです」

当時、弓花には交際していた男性がいたらしい。だが真菜がその男性を誘惑し、奪われたという。

「赦せないと思ったのは真菜が彼をすぐにふったことです。まるで私から奪うことが目的で後はどうでもいいって感じでした」

桐生は口を閉ざし、彼女の話を静かに聞き続けた。

「そしてもう一つ赦せないことがありました。それは髪型です。私は美人じゃないけれど、子どもの頃からショートカットが似合うねって褒められて気に入っていたんです。それなのに真菜はあのとき、髪型までも真似したんです。あの子が私と同じ髪型に変えた後、あの子は注目の的になりました。私の方が似合うでしょっていう真菜の視線を向けられたら、もう自分を抑えることができなくなって……」

弓花はその場に崩れて泣きはじめた。

ようやく事件のすべてが見えた気がする。

実際にはどうだったのかはわからない。彼女の思い込みに過ぎなかったこともありえる。だが弓花にとって真菜はどうしても赦せない存在だったのだろう。

「出口さんのタオルを置いたのもあなたですね」

弓花は泣きじゃくるだけだった。

「俺が同行します。自首しましょう」

ようやく弓花は力なくうなずいた。

検察の即時抗告でどうなるかと思ったが、ようやく今、全てが終わった。

出口やその母を冤罪の苦しみから解き放てるという達成感があった。

最寄りの警察署を調べようとスマホを取り出した瞬間、何かがぶつかってきた。

わけもわからず、桐生は倒れる。

スマホが転がったので拾おうとしたが、脇腹に激しい痛みがあった。当てた手を見るとべっとりと血がついている。

俺は刺されたのか。

「ふざけんな！　誰が自首なんてするか！」

金切り声が聞こえた。

振り返ると、そこには顔をゆがめた弓花が果物ナイフを手にしていた。彼女は桐生のスマホを遠くに蹴《け》り飛ばすと、こちらに向かって来る。

そうか、田代真菜もこうして弓花の手にかかったのだ。

まずい。殺される。ふらつきながら桐生は弓花を避《よ》けるように階段を駆け上がる。玄関とは逆だ。何をやっている。これでは逃げられないじゃないか。

「死ね！　死ね！」

階段を上ってきた弓花は果物ナイフを振り下ろした。かろうじて身をかわすが、弓花は再び襲いかかる。桐生は階段を下ろうとした。しかし出血のせいか、視界が朦朧《もうろう》として体が言うことを聞かない。駄目だ、殺される。

　桐生は振り返って、果物ナイフを突き立てようとする弓花の手首を何とか摑《つか》まえる。

「私は悪くない！　真菜が悪いんだ」

　桐生は弓花に押されていた。切っ先が近づいてくる。もうもちこたえられない。そう思ったとき血のりで足が滑り、体が宙を舞う。そのままもつれ合うように階段を転がり落ちていった。

　全身に痛みが走ったが、かろうじて体を起こす。横を見ると、弓花は気絶しているようだった。

　俺は助かった……のか。

　だがほっとしている暇はない。最後の力を振り絞ってスマホを拾い上げる。１１０番通報した直後、意識が消えた。

5

窓の外はスコールのような雨が降っている。

タクシーは拘置所近くのイベント会場前で止まった。受刑者の絵を集めた『獄中からの叫び』という絵画展が催されている。

桐生は会場に足を踏み入れた。

まだ約束の時間には早いので、しばらく展示された絵を見て回った。絵の下には受刑者の名前が表示されている。何の変哲もない素人の絵が多いが、犯罪者が獄中で描いたものだと思って見ると、不思議な気がする。

出口の作品もあった。あの田代真菜の絵のようなインパクトはないが、刑務所の印刷工場の風景が写真と見まごうほどに精緻《せいち》に描かれていて、人だかりができていた。出口の描いた絵は注目され、早くもネットオークションで高値で売れているという。今度、個展も開催されるらしい。

桐生は北海道の病院に搬送されて一週間入院し、警察からも事情聴取を受け、その後東京へ転院した。

入院している間に、出口の事件は大きく動いた。

水無瀬弓花は一時的に意識を失っていただけでほぼ無傷。逮捕され、田代真菜を殺したことも認めているらしい。

その時、会場に拍手と歓声が起こった。

入口の方に人だかりができている。

会場に入ってきたのは出口だった。そしてその後ろには母親もいる。真犯人である弓花の逮捕を受け、検察はさすがに諦《あきら》めた。出口の身柄は解放され、検察は謝罪した。再審での無罪判決はまだだが、結果は見るまでもない。送られてきた裁ち鋏に残った血液と弓花のＤＮＡ型も一致しており、もう誰もこの事件に疑いを挟む者はいない。

出口は桐生を見つけるなり、走り寄ってきた。

「桐生先生、もうお体は大丈夫なんですか。本当にどう感謝すればいいのか」

出口の母親に両手を握られた。

「ありがとうございます！　本当にありがとうございます」

「いえ、俺の力じゃありません」

「このご恩は一生、忘れません」

出口はこれまで見たことのないような、晴れ晴れとした笑みだった。

「これからは好きな絵を思う存分、描いてください」

「はい。ありがとうございました」

この事件のことは一生忘れないが、無罪判決が出てもうぬぼれるつもりはない。出口に言ったように、この事件を解決できたのはほとんどが他力だ。

出口はまたすぐに人々に囲まれていった。

桐生はもう少し絵を見て回る。

これからここで鷹野と会う約束をしている。入院していたとはいえ、今まで休んでいた分、こき使われるだろう。

あれ……。窓際に背の高い男が立っていた。鷹野だ。こんなに早く来ていたとは合理性を求める彼らしくない。

「鷹野さん」

声をかけたが、鷹野は気づかない。一枚の絵に魅入られたかのようにじっと見つめ続けている。昔、小学校で描いたような水彩絵だ。茶畑が広がる中、子どもたちが遊ぶ田舎の風景が描かれている。作者の札を確認すると、又吉学とある。

「鷹野さん」

もう一度呼びかけると、ようやく鷹野はゆっくりこちらを向く。

「又吉って、死刑執行された人物ですね」

鷹野はああと言って、その絵にもう一度目を向ける。

お世辞にもうまいとは言い難いが、素朴で温かみを感じる。ただこれを描いた人物が既に死刑執行されたと思うと、何とも言えない気分になった。

「水無瀬弓花の弁護士に話を聞いた」

大けがで入院していたのに、ねぎらいの言葉もないのが彼らしい。何か気になることがあるのだろうか。

「おかしなところが二つある」

何のことですかと桐生は聞き返す。

「一つは出口のタオルのことだ」

「証人として出廷した時、現場に落ちていたものですね」

「水無瀬弓花はそんなもの知らないと言っている」

「えっ」

「証人として出廷した時、現場に落ちていたと聞いておかしいと思ったが、黙っていたそうだ。そもそも出口のことは逮捕されてから初めて知ったらしい。田代真菜につきまとっていたといえば、確実に罪をかぶせられると思って証言したそうだ」

だったらどうして現場にタオルがあったのだ。

「もう一つは凶器のことだ。彼女は犯行後、そのまま現場に置いてきたと言っている」

「そんな馬鹿な」

桐生は思わず声を上げた。凶器は四年もの間、見つかっていなかった。誰があんな手紙とともに送りつけたというのだ。

「鷹野さん、水無瀬弓花は間違いなく田代真菜さんを殺したんですよね」

「それは間違いない。この期に及んで嘘をつく理由なんてない」

「だったら誰が？」

「水無瀬弓花の言うことが本当だとしたら、タオルを置いたのも、凶器の裁ち鋏を持ち去ったのもおそらく出口だろう。そして四年間隠し持っていて、お前に送りつけたのはおそらく……出口の母親だ」

桐生はしばらく言葉を失った。

「まさかそんな。出口は無実だったんですよ。どうしてわざわざ自分を犯人に仕立て上げるようなことを」

「そうだな。普通ならありえない」

考えられるとすれば何だ。水無瀬弓花をかばうためか。いや、それもおかしい。赤の他人の罪をかばうなんて義理はない。だとするとますますわからない。

「桐生、どうして出口が描いた田代真菜はショートカットだったと思う？　彼女が髪を短く切ったのは事件の前日だろう」

「それは……」

「おそらく出口は田代真菜の顔をまともに見たのは遺体に接した時が初めてだ。短い髪の田代真菜しか知らなかったんだ」

「鷹野さん、どういうことなんです？　出口の意図は何だったんですか」

鷹野は振り返って出口の作品の方を見る。

「将来が何も見えない状況で、出口は新聞配達を続けていた。そんな中、配達先の玄関ドアが開いたままだった。どうしたんだろうと思って中をのぞくと、ショートカットの女性が殺されていた。現場には凶器。その時、出口はこう思った。これはチャンスだ。もしかしたら今の閉塞《へいそく》状況を打ち破ることができるかもしれないと」

「人が殺されているのにチャンス、ですか」

「ああ。つまり一度、殺人の罪をかぶる。その後で冤罪を晴らせば悲劇のヒーローとして迎え入れられる。一発逆転だ」

「そんなことありえません」

　桐生は語気を強めた。

「わざと殺人の罪をかぶるなんて誰がするんです？　だいたい冤罪を晴らすなんて至難の業だ。そんな計画がうまくいく保証はありません」

「今の出口を見てみろ。リスクなんて承知の上だ」

　会場内で彼の姿を見つけるのは容易だった。人々に囲まれ、羨望《せんぼう》のまなざしの中、微笑みながら絵の解説をしている。事件の起こる前はどうだったか。必死で働いても年収二百万に満たないワーキングプア。どんなに頑張って絵を描き続けても認められることなく、鬱屈《うっくつ》だけが積み上げられて行く日々。

　だがありうるのか。こんなことを考えることが……。

「芸術作品の価値なんてものは様々な要素で決まる。田代真菜を描いた作品は、自分の人生をかけた芸術作品だとでも思っていたのかもな。殺人者が描いた作品だと思われていた絵が無実の者が描いた作品に変化する。騙《だま》し絵のように。そんな狙いがあったのかもしれん」

桐生は言葉をなくしていた。事実、出口の絵の評価はうなぎのぼりだ。殺された哀れな女性さえ利用する……。追いつめられた人間というものは時に想像もつかないような行動を起こしてしまうということなのか。

「まあ、推論にすぎん。真実は俺にもわからない」

言い残して鷹野は去っていった。

桐生はもう一度、出口の方を見つめる。

鷹野の言うとおりだとしても、出口の計画が全てうまくいったわけではない。田代真菜が事件前日に髪を切ったことなど知らなかっただろうし、検察の即時抗告には肝を冷やしたはず。それでも結局、出口は成功したということなのか。それともたまたま無実の罪に陥れられただけの哀れな男？　わからない。

しばらく放心状態にあったが、ようやく桐生は顔を上げる。

俺は利用されただけなのかもしれない。だが自分の意志で引き受けた依頼だったし、できるところまではやり切った。すべてがすっきりと解明される事件の方が少ない。世の中は複雑で、俺にできることなんて限られている。間違った判決だったらと自分一人の責任のように感じるのも、実は思い上がりなのかもしれない。

ただ目の前のことをその時自分ができる精一杯の力でやっていく。弁護士だろうと裁判官であろうと同じこと。

俺は正義のために人を助ける。ただそれだけだ。もう過去は振り返らない。

そう思い直し、桐生は会場を後にした。

6

新幹線で静岡駅に降り立った。

鷹野はタクシーを拾い、郊外へと向かう。

久美子と出会ったのは、ここ静岡の大学病院に勤務していた時だ。彼女は小さな法律事務所に所属していた。

富士山《ふじさん》が見え、茶畑が広がっている。

又吉学の描いた故郷だ。出口の作品とはまるで違って稚拙なものだったが、故郷への思いと温かみが感じられるものだった。

きっと又吉は冤罪だ。

久美子が死ぬ前はたいして関心もなかったが、今はそのことを考えない日はない。

事件のあった集落は静岡の田舎の方にある。

小さな町だがバス停の近くに四方田家の屋敷はまだ残っていた。

ここに何度足を運んだろうか。

発見もあった。だが先へは進めない。調べつくした後はそれを何度もなぞるだけの気の遠くなるような日々が続いていた。ただ今はたった一つ、鍵《かぎ》がある。長谷川検事が自分の命と引き換えに残したキムラヒデユキという名前のことだ。

　事件現場を経由して、タクシーは別の町に向かった。

　簡易裁判所の近くに、小さな事務所がある。江尻《えじり》法律事務所という錆《さ》びついた看板が掲げられている。久美子が所属していた事務所だ。久美子は東京出身だったが、司法修習生時代の縁で江尻所長の下、働いていた。

　鷹野はタクシーを降りると、裏の駐車場へ回った。

　ここで十五年前、久美子は殺された。

　おそらく犯人は待ち構えていたのだ。久美子が出てきて車に乗り込むところを。犯人は関係者の可能性が高いとされ、警察は久美子の近辺を探った。その結果、もっとも強く疑われたのは俺だった。

　事務所に入ると、白いひげの弁護士が机に向かっていた。

「ああ、鷹野先生」

　江尻憲次《けんじ》。御年七十七のベテラン弁護士だ。

「お久しぶりです」

「ご活躍はこちらにも届いてますよ。遠いところをようこそおいで下さった」

　お構いなくと言ったが、いそいそと江尻はお茶を淹れてくれた。

　事件直後はこの江尻も鷹野のことを疑っていた。だが久美子のために何年もあちこち真剣に調べ回っていることを知って、次第に誤解を解いてくれた。久美子を殺したのは、安倍《あべ》川《かわ》事件の真犯人ではないかということで二人の意見は一致している。

又吉学の両親は事件後、息子が犯した罪の深さに苦しんでともに自殺している。有罪となった証拠は、目撃者がいたことと現場にあった又吉の指紋、そしてシャツに付着していた四方田初彦の血液だ。

「又吉さんは四方田初彦さんの家に行ったことがあった。だから指紋があっても何らおかしくはありません」

江尻とは会うたびに同じやり取りをくり返している。

「また目撃証人ですが、これも怪しいもんですよ。もう鬼籍に入られていて、二度とお話は聞けませんが」

「やはり問題は血痕ですよね」

「ええ、これはどうしようもない」

普通に考えて事件現場に行かなければ、血液なんて付着するはずがない。

「江尻先生、今日お伺いしたのは新しい手がかりがあったからなんです」

ほうと江尻は身をのり出した。

「キムラヒデユキ、ですか。この名前に心当たりはありませんか」

江尻はその名前を復唱した。

「確かなのはその名前だけです。ただ俺には一人、気になる人物がいます」

鷹野はタブレットに画面を表示した。

「この木《き》村《むら》秀《ひで》幸《ゆき》という男です」

鷹野はニュース記事を見せた。キムラヒデユキで名前を検索すると、同姓同名が大量に出てきた。ただその中で唯一、久美子を殺した可能性ありと思えたのがこの木村秀幸。殺人で逮捕されている男だ。

「有罪となって控訴中です」

木村秀幸は無職。六十四歳。以前にも窃盗で逮捕された経歴がある。よくある名前だし、出身地は大阪。五年前に事件を起こしたのは静岡ではなく茨城。別人の可能性もある。だが……。

「調べたところ、この木村は静岡にも住んでいたことがあるんです」

「え、本当ですか」

「どうやら安倍川事件のときも、静岡にいたようです」

眼鏡をかけると、江尻はこれまで担当した顧客をすべて調べてくれた。だがそれらしい人物はいないようだ。

「ちょっと待っていてください」

江尻は知りあいの弁護士に連絡をとってくれるようだ。

「ふん、ふん、ありがとう」

何人か電話をかけた内の一人が、消費者金融のトラブルで木村秀幸を担当したことがあったらしい。その人物によると、木村は元は運送業だったらしく、四方田一家が殺された時も久美子が殺された時も、静岡に住んでいた。ただし運送業と言っても本業はパチプロだったそうで、全国を転々としていたらしい。

「それくらいですな」

鷹野はありがとうございます、と礼を言う。

「それと最後にいつものようにお願いですが」

「わかってますよ。鷹野先生、あなたがここへ来て調べていることは誰にも言いません」

「ルーム1の人間であっても黙っておいてください」

「慎重ですな。いや、それくらいでちょうどいいかもしれません。慎重の上にも慎重でいきましょう。久美子ちゃんのためにもよろしくお願いしますよ」

鷹野はありがとうございましたと頭を下げた。

静岡を出て東京に向かった。

木村秀幸について調べ回るのはここまでだ。結局、決定的な情報は今のところない。だがこいつが久美子を殺した犯人なのか。そう考えるだけで、めらめらと抑えがたい何かが燃え上がり、全身を包み込んでいく。強引に抑えつけるように深呼吸した。

待っていろ。これから直接、会いに行ってやる。

第三話　手のひらの楽園

1

南千住《みなみせんじゅ》の跨線橋《こせんきょう》の上で、一息ついた。

朝日がまぶしい。通勤ラッシュにはまだ早く、格安のビジネスホテルから出てきたサラリーマンがスーツケース片手にあくびをしている。明治《めいじ》通《どお》りの方から歩いてきた風俗嬢がけだるそうにタバコを吸っている。

さて行くか。

日比谷《ひびや》線で師団坂法律事務所のある赤坂見附まではだいたい二十五分。駅に到着してからその近辺でモーニングを食べるのがお決まりのパターンだ。

そんな梅津清十郎の日常を壊したのは、重大事件の弁護依頼ではなく、不意の体の不調でも、まぶしすぎる朝日でもなかった。

犬が遠くで吠《ほ》えている。

鳴き方がどことなく普通ではない。何となく気になって、声の聞こえる方へ足を向けた。通りに面した公園で、ワオンワオンと黒っぽい犬が必死で鳴いていた。

大きな犬だ。シェパードだろうか。

毛並みが悪く、よぼよぼとしている。かなりの老犬だろう。首輪をしているが、リードを地面にひきずっている。飼い主はどこへ行ったのだろう。

梅津が老犬に近づくと、花壇の茂みの裏に、七十前後の男性が倒れていた。

すぐに駆け寄る。この男性……このあたりで犬の散歩をしているのを何度か見かけたことがある。

「しっかり！　大丈夫ですか」

大声で呼びかけるが、返事はない。

老犬が男性に擦り寄っている。かろうじて呼吸はしているものの、意識はなく、ぐったりとしていた。外傷はなさそうなので事件ではないのだろうが、かなり深刻な容体のようだ。梅津は携帯を取り出すと、救急車を呼んだ。

通りかかった人々が足を止めて、人垣ができていく。誰か医者でもいればいいのだが、皆どうすることもできず心配そうに見ているだけだ。梅津も犬のリードを手に救急車の到着を待った。

隊員が駆けつけたのは、五分後だった。

梅津は男性を見つけた状況について伝える。

「この犬、倒れていた人の飼い犬のようですよ」

連絡先を聞かれたので答えているうちに、老人はストレッチャーにのせられ、病院に運ばれていった。

なんとか助かってもらいたいものだが……そう思っていると、スマホに着信があった。表示は芽依だ。梅津はすぐに出た。

「梅津さん、今から車で動けますか」

「どうかしたのかい？」

「もし動けるなら、今から言う警察署に向かって欲しいんです。中嶋文子《なかじまあやこ》さんっていう女性が逮捕されて取り調べを受けているから、弁護して欲しいって」

「容疑は何だ」

「殺人です。否認しているみたいですが」

　中嶋という女性は、資産家の夫と離婚する際に師団坂法律事務所が世話をしたらしく、その縁で逮捕前から相談があったようだ。

「芽依ちゃん、どんな事件なんだい」

「犬のブリーダーが殺された事件です」

「ああ、あれか」

　ニュースで見た。確か一週間ほど前に起きた事件だ。郊外にある犬の繁殖所で松浦郁《まつうらいく》哉《や》というブリーダーが殺されたというものだ。

「中嶋って女性は何者なんだ」

「動物愛護団体の代表をしているそうです」

「わかった。すぐに向かうよ」

　通話を切った。

　動物愛護団体の女性が犬のブリーダーを殺したとして逮捕……今日は朝から犬が絡ん

でる出来事が続く。

スマホをしまうと、梅津は振り返る。

主人を失った老犬が、クウン、クウンと寂しげに鳴いていた。

自宅へ戻って車に乗ると、郊外へ向かった。

初回接見は重要だと誰もが言うし、事実そうだ。会う前から自白証書にサインでもされていたらたまらない。急がなくては。

着いたのは、のどかな田舎にある小さな警察署だ。

ちょうど取り調べが終わったところだったようで、さっそく接見室で話を聞くことにした。

しばらくして透明なアクリル板の向こうに、細身の女性が姿を見せた。

年齢は五十がらみ。つり上がった眼鏡をかけた、教育ママを思わせるような外見だった。梅津は頭を下げて名乗ろうとしたが、その前に彼女が口を開いた。

「思ったより年配の弁護士さんね」

どこか冷めたまなざしだった。

「弁護士の梅津です」

女性はどことなく不満そうな顔だ。

「鷹野っていうやり手の弁護士さんがいらっしゃると思ってたのよ」

無能のロートルで悪かったな、と心の中で苦笑いする。

「鷹野は今、海外出張でしてね。でも精一杯やらせてもらいますんで、どうかご心配なく。いきなりですみませんが、中嶋さん、まず聞かせてください」

梅津はできる限り温和な表情を作った。

「あなたは容疑を否認していると聞きましたが」

「殺してないわよ！」

即答だった。

「間違いないんですね？　我々弁護士はあなたの味方です。すべて正直に語ってください」

命を奪ってしまったとしても、殺意がなければ傷害致死、故意もなければ過失致死で実刑にはならないかもしれない。そう説明した。

「しつこいわね。だから本当に殺してないって言ってるでしょ」

あくまで無実の主張か。

「ではもう少し詳しく状況を教えてください。あなたは事件のあった現場にいたから疑われたんですよね？　どうしてそこにいたんですか」

梅津が促すと、中嶋は歯嚙《はが》みしながら話した。

「あそこには悪い噂があったのよ」

「悪い噂……ですか」

「梅津先生、パピーミルって知ってるかしら？」

「パピーミル？」

「子犬工場のことよ」

中嶋は眉根《まゆね》にしわを寄せた。

「無理やりワンちゃんに子犬をどんどん産ませてね。母犬たちは体がボロボロでただ産むだけの機械みたいに扱われるの」

みるみるうちに中嶋の目が潤んでいった。

「あたしたちはそういう輩《やから》を絶対に赦《ゆる》さない。だから子犬や子猫の繁殖所やペットショップをチェックして回っていたのよ」

事件のあった『松山《まつやま》ブリード』ではチワワやトイプードルなど複数の犬種を繁殖させている。パピーミルなのではないか。そう思い、一度様子を見に行ったのだが、見学を断固拒否された。日を改めて再び訪ねたところ、誰もいないようだった。

「まずかったのはわかってるわ。でもいてもたってもいられなかったのよ。ワンちゃんたちが助けを求めているんじゃないかと思って」

中嶋は塀を乗り越えて、無断で中へ入ったという。梅津は顔をしかめた。

「そうしたらワンちゃんたちの柵《さく》の横に、人が倒れていたのよ」

のぞき見ると、そこには松浦が血を流して倒れていた。大きめのカッターナイフが血まみれで落ちており、中嶋はパニックになって逃げだしたらしい。その際、松浦の友人の共同経営者に姿を見られたという。しばらくしてから彼が通報し、中嶋は事情聴取を受けることになったようだ。

その話が本当なら、犯人だと疑われても仕方あるまい。完全に不法侵入だ。

「でも私じゃない。殺してなんていないわ」

中嶋の訴えは、真に迫るもののように思えた。

「よくわかりました。こちらも頑張りますので、一緒に戦っていきましょう」

それからもうしばらく話を聞いて警察を出た。

車に乗って都心へと戻る。

中嶋と直接話してみて、自分なりに彼女という人物が見えてきたように思う。動物を愛し、その命を守るために自分のすべてをささげているような女性だ。だからこそ松浦ともめて殺してしまったという想像もできる。だが彼女が強く殺していないと訴えている以上、無罪弁護をしていくべきだろう。


事務所に戻り、芽依と合流した。

芽依は以前、ペットの多頭飼育崩壊をめぐる訴訟に携わったことがあるらしい。今回の事件の背景を探るのに、その経験が役に立つかもしれない。鷹野らと話しあった結果、彼女も一緒にこの仕事を担当することになった。

「被害者の松浦さんですが、死亡推定時刻は午後七時くらいなんですよね」

「そうらしい。『松山ブリード』で中嶋さんが目撃されたのは、午後八時前。被害者が殺されたのと一時間くらいずれている」

この時間のずれが突破口になりうると梅津は続けた。

「大事なのはアリバイ、ですか」

「そうだ。彼女が言うには、忍び込んですぐに見つかったらしい」

「じゃあ、それまでの足取りを証明できればいいんですね」

梅津はああとうなずく。

中嶋は正確な時間は覚えていなかったが、その日は自宅で早めの夕食をとり、車で一度、動物愛護団体の事務局に寄ってから、偵察に出かけたらしい。

無罪弁護。

言うは易いが、簡単ではない。今回の場合、住居侵入に関しては認めるしかない。また犯行動機も全くないとは言いきれない。犬の扱いをめぐって双方の意見が食い違ってもめたあげく、殺してしまったと容易に推察できる。厳しい戦いだ。

ただしアリバイが成立すれば無罪にできる。『松山ブリード』へ行く前に中嶋が立ち寄った先でアリバイを証明することができればいいのだ。

「あそこが事務局ですかね」

裏に竹林もある郊外の大きな一軒家は、頑丈そうな柵で囲われている。木造の古い民家で看板もないし、一見してここで動物を数多く保護しているようには見えない。

　車を停めると、敷地内に入った。

　どういうわけか、入り口の方から怒鳴り声が聞こえてくる。『エバーホープ』代表の中嶋が逮捕されて間もない。最初はマスコミか何かと思ったが、そうではないようだ。

「譲らんとはどういうことだ！」

「ですからそれは先ほども申し上げましたように」

　老人と女性がもめていた。

「もういい！　せっかく来てやったのに」

　女性に背を向け、こちらを見た老人は、梅津たちの存在に気づいたようだが、大声を出したことを恥じる様子はない。しかめ面のまま、前を通りすぎる。怒りがおさまらないのか車のドアを音を立ててきつく閉めると、帰って行った。

　女性は脱力したように立ちつくしていたが、こちらを見て頭を下げた。

「連絡していました。弁護士の梅津です」

「佐伯《さえき》です」

「ああ、はじめまして。よろしくお願いします」

　若い女性はエプロンのポケットから名刺を差し出す。『動物愛護ＮＰＯエバーホープ内田《うちだ》美鈴《みすず》』と書かれていた。

　美鈴はすぐに中に案内してくれた。

　じんわりと動物の臭いが鼻を衝《つ》く。犬や猫の鳴き声もする。いくつかケージがあって、小型犬や子猫が入れられているようだ。部屋は柵で区切られていて、猫たちが走り回っている。中庭には大きな犬が何頭かつながれていた。

美鈴は口元を緩めた。

「驚かれたでしょう。ワンちゃんや猫ちゃんがこんなにいて」

芽依は目を輝かせてしゃがみ込み、子猫を撫《な》でている。梅津は辺りを見渡し、ふと一匹の犬に目を留めた。

「この子は病気ですか」

梅津の指さす犬は片目がつぶれていた。

「ええ。ここにいる子たちはほとんど、愛護センターなど行政機関から引き取ったんです。捨てられた子や、どうしても飼えなくなった子たちですから病気の子も多いんです」

保護している犬猫の数がこんなに多いと、人手も金もいるだろう。離婚した夫から慰謝料をもらったとはいえ、中嶋はそれだけのたくわえがあるのか。いや、やっていることは立派だと思うが、運営はきっと一筋縄ではいかないのだろう。

さてと、本題に入るか。梅津はリーガルパッドを手に質問を始める。

「事件のあった日の夜、中嶋さんはここに来たと言っていましたが」

「ええ。覚えてますよ」

「何時頃ですか」

美鈴は少し思い出していた。

「ボランティアさんと入れ違いで来られたから、午後六時十五分くらいですね」

梅津と芽依はその時刻をメモした。

「私がその日の活動を報告すると、またすぐに出て行かれましたよ。今夜はパトロールに行くからって」

「パトロールって何ですか」

「悪いことをしていないか、生体販売をしている業者を見回ることです」

　この『エバーホープ』から、事件のあった松浦の繁殖場までは、車で三十分もあれば着くことができる。死亡推定時刻は午後七時くらいなので、アリバイにはならない。

「中嶋さんはずっと前から殺処分をゼロにする運動を続けてきました。私財を投げうって必死にやってきたんです。私たち、動物に酷《ひど》いことをする人たちにははらわたが煮えくり返るくらい怒りがありますけど、だからといって殺人なんてありえません。中嶋さんが人を殺したなんて、絶対何かの間違いです」

　美鈴は目頭に手を当てた。

「せっかく今まで頑張って来たのに、中嶋さんが殺人犯なんてことになったら、私たちの活動もここにいる子たちもお終《しま》いです」

「中嶋さんはきっと無実ですよ」

　芽依の言葉に、美鈴は明るい顔になった。

「本当ですか」

「動物の命を大事にする人が悪いことをするなんて思えません」

芽依もつられて、目を潤ませている。

「ありがとうございます」

美鈴は安心したようだが、うかつなことを言うべきではない。やれやれと梅津は心の中でため息をつく。

「さっき私たちが来た時、ご老人と揉《も》めていましたよね。何かあったんですか」

「ああ、神田《かんだ》さんのことですか」

美鈴は顔を上げた。

「あの方はここにいる子を引きとりたいと言って来てくださったんです。だけどお断りしたら怒ってしまって」

「何故断ったんですか」

「年齢制限を設けているからです。飼育状況がよければワンちゃん猫ちゃんは二十年近く生きられます。最後までしっかり面倒見てやって欲しいんです。ですから申しわけありませんが、六十歳以上の一人暮らしの方は原則、不可ということにさせていただいています」

譲渡先で虐待が起きたり、譲渡を受けた老人が病気で飼えなくなったりしたため、譲渡条件が厳しいようだ。

だったら俺も六十四だからアウトだ。せっかくの善意を断られたら、腹も立つだろう。

高すぎる理想はもめごとを引き起こすだけでなく、自分たちの首を絞めることにもなりうる。そんな気がするが大丈夫なのだろうか。

「中嶋さんを救えるなら私、なんでもしますから」

美鈴は必死で訴えていた。

彼女は以前、ペットショップに勤めていたが、そこでの犬猫の扱いに耐えられなくなってこういう活動を始めたそうだ。中嶋にはずいぶんと世話になったのだという。

もうしばらく話をして、『エバーホープ』を後にした。

もしこの事件が動物愛護活動のからみで起きたのなら、背景をもっと知らなくては気づけない事実もあるかもしれない。

次に向かう先は『MOFU-MOFU』というペットショップだ。

郊外にある大きなショッピングモールの駐車場に車を停めて、梅津と芽依は三階に向かう。世間は連休中らしく、たくさんの家族連れでにぎわっていた。

ペットショップの場所はすぐにわかった。

子どもや若い女性たちが黄色い声をあげる先には、子猫や子犬たちの姿があった。種類はよくわからないが、小型車が一台買えるくらいの値段の犬猫もいる。

「この子、かわいくない？」

茶髪の女性と中年男性のカップルが、いちゃつきながら子犬を見ていた。

「何この子、豆柴なの？　ヤバい！　ちっちゃい！　お迎えしたい」

「いいよ、気に入ったんならさ」

「きゃあ、ほんとに？　やったぁ！」

すかさず店員がぺこぺこと応対している。

少し大きくなった子猫に付けられたＳＡＬＥという札を見ていると、店員が話しかけてきた。

「こちらの子も人懐っこくていいですよ。お手頃価格になっていますし、本当におすすめです」

バイトの店員だろうか。まだ大学生くらいの若者だ。

梅津は苦笑いする。客だと勘違いされてしまったようだ。

「トライアルしてみますか」

「あの、すみません」

横から芽依が口を挟んだ。店員はいい笑顔で、はいと元気に応じた。

「このお店では売れ残った子猫や子犬はどうなってしまうんですか」

「えっ、あの……それは」

店員は厄介な奴が来たという顔だった。

少し待ってくださいと言って場を離れようとした。だがその前に背後から声がかかった。

「売れ残った子には、働いてもらってますよ」

振り返るとそこには、丸顔の男性が立っていた。

三十代後半くらいだろう。温厚な笑みをたたえている。犬猫のイラスト入りネームプレートに堀口《ほりぐち》正路《まさみち》とあった。どうやら彼が店長のようだ。

「働く？　どういう意味ですか」

「よかったら、こっちへ来てください」

堀口は手招きし、梅津たちを店の奥へと案内した。

ケージに入った子猫に寄り添うように、大人の洋猫が三匹ほど寝そべっている。

「こうやって働いてもらっているんです」

ごろごろとのどを鳴らして眠る猫を、堀口は抱き上げた。

「売れ残って大人になった猫には、こうして休憩中の子猫たちと一緒にいてもらっているんですよ。癒《いや》しの効果があるようなので」

これが働くという意味か。

「愛護団体の方が心配される気持ちはわかりますよ。以前は保健所に引き取ってもらっていましたが、それではいかんだろうということになったんです」

芽依は口を閉ざしている。

「見ていただいたのでおわかりかと思いますが、うちは愛護団体の方が心配されるような飼育はしていませんよ。それに生体販売のスペースは昨年度と比較して三割減です。フードのコーナーがその分充実してますし」

「店長さん、すみませんな。実は……」

梅津が身分を明かすと、堀口は目を丸くした。

「え？　愛護団体じゃなくて弁護士さんだったんですか」

「そうです。お聞きしたいのはこの人のことなんです」

事情を説明して中嶋の写真を示す。事件のあった日の午後七時前後、ここへ来ていたはずだと伝えた。

堀口も店員たちも覚えていないらしい。梅津は店の防犯カメラに中嶋の姿が残っているかもしれないので、調べさせて欲しいとお願いした。

「最後にもう一つ、聞かせてください」

梅津は前置きしてから問いかけた。

「松浦郁哉さんというブリーダーのこと、知ってますか」

「さあ、まったく。あ、いいえ、ニュースでは見ましたけど、うちの店はまったく関わりがありませんでしたので」

「そうですか。わかりました。それでは……」

話は終わった。防犯カメラのデータを借りて、礼を言う。

帰り際、ＳＡＬＥの子猫を見つめる。いい飼い主に出会えるといいな。そう思っていると目があって、梅津は思わず視線をそらした。

事務所に戻ると、梅津は芽依と師団坂ビル一階にある喫茶店に向かった。

別の案件で接見を終えたばかりの杉村が先に席をとっておいてくれて、こちらに手を振っている。

席に着くと、芽依が顔をしかめていた。その視線の先を見ると、いつの間にかホスト風の青年が混ざっていた。

「お犬様のことで悩んでいるらしいな」

七条だった。またこいつか。

「動物虐待が増えているよな。どうしてこんな殺伐とした社会になっちまったかお前ら、わかるか？　俺様が教えてやろうか」

いいといっても強引に話すのだろう。早く注文したいのだが、困ったものだ。

「ネットの影響とか言うんだろ？」

杉村は面倒くさげに言った。七条は違うな、と微笑んだ。

「世界名作劇場が地上波から消えたせいだよ」

わけのわからない回答に、三人は眉をひそめた。

「いいか、人の成長に涙は必要不可欠なんだ。俺たちがガキの頃は、世界名作劇場があった。『フランダースの犬』なんてのはお涙ちょちょ切れものだった。俺もいまだに目の周りが黒いセントバーナードを見るたび、パトラッシュを思い出すからな」

おいおい。七条が言っているのはハイジに出てくるヨーゼフだろう。パトラッシュは目の周りが黒くない。まあ、自分だけわかるのも恥ずかしいので黙っておこう。

　こちらの心配など意に介さないように七条の独演会がしばらく続いていた。


　一日が終わり帰宅した。

　あれから中嶋に会って今日調べてきたことを報告した。取り調べで否認は続けているようだが、前回とはうって変わって落ちこんでいた。今できるのは頑張りましょうと励ますことくらいだった。

　ペットショップで借りてきた防犯カメラの映像は、中嶋っぽい人影はあるものの、そうだと断定できるような画像ではなかった。身元がばれないようにお忍びでパトロールしていたというのだから当然ではある。ただアリバイが立証できなければ、釈放するのは容易ではあるまい。

　自宅に電話がかかってきた。登録されていない番号だ。

「梅津さんですか」

「ああ、はい」

「先日は公園で倒れていた叔父《おじ》を助けてくださり、ありがとうございました」

「ああ、あのときの」

　この前の男性の身内らしい。だがどこか声は暗い。案の定というべきか、命は助からなかったようだ。

「そうでしたか、力になれずにすみません」

「いえ、とんでもないです。優しい方に最後に面倒見てもらえてよかったです。叔父は一人者でしてね。もっと様子を見てやれるとよかったんですが」

「そういえばあのワンちゃんはどうなったんですか」

ずっと主人のそばで鳴いていた黒い老犬が頭に浮かんで、思わず聞いてしまった。

「ああ、実は困っているんですよ」

「といいますと」

「私はペット禁止のマンション暮らしなので連れて帰るわけにもいきませんし、とりあえず知人に短期間の約束で預けています。この先どうしたものだろうかと」

愛護団体事務局を訪ねたときに怒鳴っていた老人のことが、ふっと頭に浮かんだ。飼い主の年齢制限が必要なのは、こういうことで困るからなのだ。無関係の立場ではあるが、主人を失《な》くした老犬のいくすえが案じられた。

2

悩んでいる暇などなかった。

梅津は芽依とともに、事件のあった『松山ブリード』を目指していた。山々に囲まれた農村地だ。殺された松浦は共同経営者とともに、犬の繁殖をしていた。

　近くに車を停めると、場内の様子をうかがった。

　思ったよりも大きな敷地ではない。ぱっと見た感じでは鶏や豚のような家畜がいるのかと思うが、よく見ると犬小屋のようなものがある。犬たちの鳴き声も聞こえてくる。

「誰かいるようですね」

　芽依が助手席で言った。

「ああ、多分、共同経営者だろう」

「不法侵入した中嶋さんを目撃して通報した人ですね」

　共同経営者の名前は山川義剛《やまかわよしたけ》というらしい。

「その山川って人が殺していたという可能性はないですか」

　安易に疑うのはよくないが、ありえる話だ。こんな人けのないところで殺されたのだし、むしろ一番怪しいかもしれない。経営をめぐって意見が対立し、殺害に及んだということは十分に考えられる。

　凶器と見られるカッターナイフから指紋は検出されていない。カッターは元々ここにあったものだそうだ。中嶋が逮捕された要因は、侵入したところを見られたという状況が大きかったはず。逆に言えばそれだけだ。

「気になっているのは通報時刻だ。山川が中嶋さんを目撃したのは午後八時。だが通報したのはそれから一時間後だ」

「おかしいですよね」

二人は門の前のインターフォンを鳴らした。

反応はない。しつこく鳴らし続けるとちょっと待ってという声が聞こえた。ドアが開き、ピアスをしたあごひげの青年が姿を見せた。

「山川さんですか。梅津と言います」

梅津は弁護士であると名乗って名刺を渡した。芽依も続く。山川は突然の訪問客に少し驚いた顔だった。

「刑事さんがまた来たのかと思いましたよ。ずいぶん、しつこく聞かれたんでね」

私も刑事でしたよ。冗談を言いかけて引っ込めた。

こちらも空気くらい読める。明らかに警戒されている。まあ、それも仕方あるまい。警察は中嶋を逮捕したが、当初はこの男のことも犯人ではないかと疑ったはずだ。

「俺に何の用事ですか」

「あなたに事件のあった時の状況をうかがいたいんです。逮捕された中嶋さんの弁護を担当していましてね」

少し間があったが、山川はうなずいた。

「そうですか。構いませんよ」

どこからでもかかって来いとでも言いたげな表情だ。

「あなたは事件のあった日の午後八時頃、ここで中嶋さんを見たんですよね」

梅津の問いに、山川はうなずいた。

「俺と目が合うとあのおばさん、焦った顔で逃げて行ったんです。犬の世話をして戻ってきたら、いきなり外部の人が中にいるなんてそりゃ驚くでしょ？　けどその後、おばさんが出てきた部屋を見たら、松浦が死んでたんですよ」

　その語り口調は共同経営者が殺されたというのに、ドライすぎる気がした。

「どうして逃げて行った女性が中嶋さんだとわかったんですか」

「前にも一回ここに来たことがあったんです。犬を虐待しているんじゃないか。ここはパピーミルなんじゃないかって言いがかりをつけてね」

　しつこく疑われて迷惑でした、と山川は苦笑いをした。

「どうしてすぐに通報しなかったんですか」

　芽依の問いに、山川の笑みが吹き飛んだ。

「警察にも言ったんですが、しようと思いましたよ。でもよく考えてみたら疑われるのは俺じゃないかと思って怖くなったんです。あのおばさんがしらばっくれたら証拠はないですし」

　ここは山川の自宅もかねていて、住居スペースもあるようだ。犬のいる部屋を見せて欲しいと言うと、灰色の建物の方に案内された。

　どうぞと中に通される。綺麗《きれい》に掃除されていて、数匹のチワワがいた。毛並みもよく、どの犬も元気そうだ。

「うちは経営をはじめてまだ日は浅いですけど、一応シリアスブリーダーのつもりなんですがね」

芽依が翻訳するように、優良ブリーダーのことですよと小声で言った。

「ああ、ここですよ」

山川はエサの置かれた床の方を指さした。

「ここで松浦が死んでいました。少し前まで警察が調べていてこの部屋も使えなかったんです。人手も急に俺だけになって困るんですよね。生き物相手の商売ですし」

「あなたと松浦さんは共同経営をされていたということですが、どういうご関係ですか」

問いかけたのは芽依だった。

「高校の同級生ですよ。卒業後は地元で同じ建設会社に就職したんですけど、俺が上司と喧嘩《けんか》してすぐに辞めてしまってね。松浦は俺の味方をしてついてきてくれたんです」

「どうしてブリーダーを始めたんですか」

「たいした理由はないです。犬が好きだったってくらいで。会社辞めてこれからどうする……って二人で話しあって、土地ならあるし、ペットブームで儲《もう》かるかもって軽いノリでした」

山川の実家が保有している土地で、四年前から犬の繁殖をはじめたという。生まれた子犬は主にネット販売やオークションで売っているらしい。

着信があったようで、山川は失礼と言ってスマホをとり出した。

「気が済むまで見ていってください」

取り残された二人は顔を見あわせた。

芽依と梅津は色々と見て回っていく。これといって虐待の形跡はないが、少しだけ気になることはあった。

「どうだい？　何かわかったか」

梅津が問いかけるが、芽依は首を横に振った。

やがて山川が戻ってきた。

「さてと、もういいですか。俺も犬の世話がありますんで」

「ええ、ご協力ありがとうございました」

礼を言って車を出す。助手席で芽依は首をひねっていた。

「特に新しい発見もなかったですね。私、あの人が怪しいと思ったんですけど、外れだったかも」

「いや、そう決めつけるのはまだ早い」

ハンドルを握りながら、梅津は答えた。

「芽依ちゃん、あそこの犬を見て何か感じなかったか」

「みんな元気でしたよ。特に気になるところはなかったと思いますけど」

「俺にはおかしいと思えた」

芽依はきょとんとした顔で目を瞬かせた。

「ペット業界のことはまだよくわからんが、犬の数が少なすぎやしないか。あれだけでどれだけの儲けが出せると思う？　とても大人二人が生活していくことは無理だろう。本当はもっといるのに別の場所に隠しているんじゃないのか」

「そういえば、確かに……」

「さっき見せてもらったのはただの見せかけかもしれないってことさ。カモフラージュ。何か後ろ暗いことをしているように俺には思えた。通報が遅れたことについて言い訳していたが、あれは嘘で本当はその後ろ暗い何かを隠す時間が必要だったのかもしれない」

「さすが元刑事さんですね。梅津さん、すごい」

山川という人物は引き続き徹底マークすべき。そう自分には思えた。

「芽依ちゃん、今日はありがとな。あんたは他の仕事に戻りな。後は俺がやる」

「梅津さん、これからどうするんですか」

「さあな」

梅津と芽依は事務所に戻り、そこで別れた。

はっきりとは言わなかったが、やることは決まっている。張り込みだ。

自分の感覚を信じるなら、おそらく山川は何かを隠している。

あいつが松浦を殺した犯人かどうかまではわからないが、少なくとも何か重要なことを隠しているという勘がある。

そして大事なのは今だ。

中嶋という容疑者がいるとはいえ、山川だって警察に詳しく事情を聞かれたはず。警察をやり過ごした今、動くかもしれない。

「しっぽをつかんでやる」

しゃれたことをつぶやきつつ、梅津は師団坂ビルの地下駐車場へ向かった。

車の前に誰かいる。

あれは……。

「芽依ちゃん」

「張り込みに行くんでしょう？　私も一緒に行きますよ」

やれやれ。ばれていたか。

「俺だけで十分だ」

「そんな。私だって気になるんですよ。何かの役に立つかもしれませんし、連れて行ってください」

「夜遅くなってくるし、危ないかもしれないんだぞ」

「梅津さん一人よりましです」

芽依のまなざしは真剣そのものだ。

やれやれ。困ったものだ。引き返せと言っても聞きそうにない。

ふっと娘の亜矢子《あやこ》のことが頭に浮かび、根負けした梅津は黙って助手席を親指でさした。なんとも我ながら甘くなったものだ。

車は師団坂ビルを出て、山あいの『松山ブリード』へ向かう。

助手席で芽依が口を開いた。

「梅津さんって、どうして弁護士になろうと思ったんですか」

話してなかったか。まあ、時間もあるし聞かせてやるか。

「ある人に言われたんだよ。あんたは弁護士に向いてるって」

「そうなんですか」

「俺が弁護士に向いている……そう言った人の名前は佐伯真樹夫」

「えっ、父が」

「そうだ。刑事時代、証人として法廷に呼ばれたときにな。親父さんの言うには、俺の思考は刑事より弁護士に近いんだと」

刑事は捜査方針が一度決まれば、なかなかそれには逆らえない。一方、弁護士は被告人のため、あらゆる可能性を追うものだ。例えば殺人としか思えない事件でも、その裏には意外な真相が隠れていることがある。犯人でなければ無罪だし、殺人の故意がなければ傷害致死、事故なら過失致死、動機が違えば量刑に天と地ほどの差が出る。ちょっとした思いこみで真実は見えなくなっていく。

「俺は司法試験も何度も落ちたあげく、ぎりぎりで受かったに過ぎない。親父さんはそんな俺を雇ってくれるだけでなく、ルーム1のメンバーに抜擢《ばってき》してくれた」

見えない真実を見つけていくため、色々な筋を読んで徹底的に可能性を追う能力が俺にはあるからだと聞かされた。

「そうでしたか」

「芽依ちゃんの親父さんがいなかったら、今の俺はない。俺だけじゃない。きっと他にもたくさんの人が影響を受けているだろう。本当にすごい人だよ。芽依ちゃんだって弁護士になったのは親父さんの影響なんだろ？」

　芽依はゆっくりうなずいた。

「男手一つでよくこんなに立派に育てたもんだ。父親としてもたいしたもんだ。俺んとこも娘がいるんだがグレて出て行っちまって、それっきりなんだよ。今頃どこでどうしていることやら。いや、俺が悪かったんだよ。叱りつけてあいつのこと、信じなかったからな」

　いつの間にか、娘のことを話していた。

　亜矢子が出て行ったのは俺のせいだった。ドラッグに手を出していると疑ったからだ。それは誤解であることを知ったのは後のことだ。

「後悔してもしきれない。悪い父親だった」

　そんなことを話しているうちに目的地が見えてきた。

　明かりがともっている。木の茂みに車を止めてエンジンを切る。張り込み開始だ。

　しばらく黙り込んでいたが、芽依が口を開いた。

「さっきの話の続きですけど娘さんの気持ち、わかる気がします」

「そうか。せめて死ぬ前に一度会えたら。謝りたいって思うんだがな」

「うちも同じです」

　梅津は黙って芽依の方を向いた。

「私もぐれてました」

「へ？」

「父は忙しくて家にいないし、母は生きているのかどうかすらわからない。名前さえ教えてくれない……こんなこと、ありえますか？　それで道を踏み外したこともありまして」

「芽依ちゃんが？　マジか」

「マジです。ああ内緒ですよ、絶対、絶対、みんなには黙っていてください」

　驚きのあまり、梅津は張りこみ中であるのを忘れそうになった。

「でも周りの人達に助けられて何とか戻ってこられたというか……ええと、私が言いたいのは父は仕事ができても決していい父親じゃなかったってことです。それと一度親子の縁が切れてしまったとしても、またつながることだってあるんです。梅津さんの娘さんもいつかきっと戻ってきますよ」

「芽依ちゃん」

「また会えますよ」

「……そうだな。ありがとう」

少し目頭が熱くなった時、誰かが建物から出てきた。

ピアスが外灯の明かりで光る。山川だ。帽子を深くかぶっている。軽トラックに乗りこんで出て行った。

時刻は午後九時二十二分。

こんな時間にどこへ行くつもりだろうか。

暗い山道だが、明かりを強くするとばれてしまう。小さな明かりのまま、ロストしないぎりぎりの距離を保ちつつ、トラックを追いかける。

山深いところで、ナビには目的地らしきものも見当たらない。やはりどう考えても怪しい動きだ。

「どこまで行く気でしょう」

「朝まで走り続けるってんなら、尾行も考えもんだな。適当なところであきらめるしかないかもしれん」

「あ、あれ」

車はやがて、舗装されていない脇道へと入った。

梅津は後に続かず、通過する。

「後を追わないんですか」

「こんな細い道に入ったらさすがに気づかれるだろう。ナビの地図を見てみな。山川が向かった先は道がない。きっとすぐに車を停める。ここからほどなく、何かがあるはずだ」

Uターンして引き返す。

気づかれないように車を停めて、懐中電灯を手に車を降りた。

「芽依ちゃん、あんたはここにいろ」

「私も行きますよ」

心配そうにこちらを向く芽依に、梅津は微笑んだ。

「大丈夫だ。俺は元刑事だぞ。無茶なことはしない。ここは一応、電波は来ているようだ。何かあったら連絡してくれ」

「はい。じゃあ気をつけて」

足音をたてぬよう、木の陰から慎重に辺りをうかがった。

しばらくして、物音が聞こえた。

軽トラックが停まっている。奥にあるのは小屋だろうか。眼が暗闇に慣れてきた。今日は満月のようだ。助かるな。懐中電灯をオフにする。

誰かがいる。

山川だ。何かを肩に担いでいる。軽トラックの荷台に積みこむと、もと来た場所へと戻っていく。

梅津は気づかれないように木の陰に身をひそめ、目を凝らす。山川は手袋をはめて、何かを袋に詰めこんでいた。

腐臭がする。

山川は袋を重そうに担ぎ、さっきと同じように軽トラの方へと向かっていく。

梅津は山川がいた場所に近づく。

何だこれは……。

目に飛び込んできたのは、頭蓋骨《ずがいこつ》だった。

一瞬、人骨かと思った。だがどうやら違う。死んだ動物、おそらく犬だろう。大小さまざま。いや、そうじゃない。こっちの死体はそもそも犬じゃない。猫だ。

どういうことだ。何をしている……。

そう思った瞬間、男の怒鳴り声が聞こえた。

声のする方へ急いで向かう。

梅津の車に向かって山川が怒鳴り散らしている。車を停めていたことに気づかれたのか。芽依は車の中にいるようだ。ロックがかけられていていてとりあえずは危なくない。ほっとしたのもつかの間、山川は大きな石を持ち上げてガラスを割ろうとしていた。

「おい、やめろ」

梅津がその手をつかんだ。

ねじり上げると、石がどすんと落ちた。痛みに耐えかねて山川は声を上げた。

「いてて！　くそ、お前らなんだよ、どういうつもりだ」

「それはこちらのセリフだ」

梅津は手首を後ろで押さえつけたまま、山川の興奮がおさまるのを待った。芽依がそろそろと車のドアを開けて降りてくる。

懐中電灯を手に軽トラックの方へ向かう。

「芽依ちゃん、見ない方がいいぞ」

「私、なんとなくわかったかもしれません」

振り返ることなく、芽依は奥の方へと進む。

悲鳴は聞こえなかった。

しばらくして芽依は帰ってきた。悲しみと怒りが混じったような顔だ。

「……引き取り屋」

芽依は小さくつぶやく。

引き取り屋？　聞きなれない言葉だ。

「山川さん、あなたは引き取り屋なんでしょう？　ワンちゃんや猫ちゃんをお金をもらって処分する仕事があるって聞いたことがあります」

梅津に拘束されている山川は、黙ってうつむいた。それと同時に全身から力が抜けていくのがわかった。もうごまかせないと悟ったのだろう。

しばらくしてから、山川は顔を上げた。

「ああ、そうだ。これが俺と松浦の仕事だ。最初は繁殖だけでやっていくつもりだったが、引き取り屋の方が楽して儲かるからこっちに切り替えたんだよ。だがこれでもう廃業だ」

梅津がたまらず口を開いた。

「何でこんな仕事があるんだ」

「ニーズがあるんだよ」

山川は薄笑いを浮かべた。

「ペットショップ側から考えてみな。売れ残って大きくなった犬猫をどうするか。以前は愛護センターに引き取ってもらえた。だが今は法律があるからできない。また理由もなく殺せば罪に問われる。ペットショップからするとエサ代や治療費などを考えれば、金を払ってでも引き取ってもらった方がいい。そういう理屈で引き取り屋ってビジネスが成り立つんだ」

「引きとって死ぬまで飼うのなら問題はないってことか」

「ああ、建前上はな」

芽依が怒りをにじませながらうなずいた。

「引き取り屋からしたらお金さえもらえればいいわけですから、早く犬猫が死んでくれた方が都合がいいんです。酷い環境で放置して死ぬのを待っていても罪に問われない。あるいは直接手にかけても、遺体を山奥や海に捨ててしまえば殺してもわかりません」

以前はペットショップなどで売れ残った犬猫は愛護センターに引き取られて殺処分されていた。だが平成二十五年の動物愛護法の改正で、行政は売れ残った犬猫の引き取りを拒否できるようになったという。この辺りから引き取り屋が現れたようだ。

梅津は遺骨に目をやった。どう見ても自然死というには無理のある骨もいくつかある。きっと山川たちはペットショップから金をもらって引き取った犬猫をここで殺して、どこかに捨てていたのだ。

引き取り屋自体は合法でも、引き取った動物を殺すことは当然違法行為だ。

梅津は不快な思いを抱えつつ、山川の方を向いた。

「あんたらが引き取り屋をやっていたって事実、警察は知らないだろう？」

山川は答えず、舌打ちが返ってきた。

「こんなこと言えるわけないもんな。だから通報する前に動物の死体は一時的にここに全部移動させたんだろ？　だから通報が遅れた」

「ああ、警察の目もなくなったし、これから海に捨てるつもりだった」

「引き取り屋のことを隠すため、警察に黙っていることはないか」

もし山川が犯人でないなら、引き取り屋との値段交渉をめぐって殺人が起きた可能性もある。大事なのは日時だ。事件の日に松浦と会っていた人物。取り調べ室で被疑者と対峙《たいじ》するように、梅津は山川を見つめた。

「松浦さんがもめていた人物を知らないか」

問いかけるが、ため息だけが返ってきた。

「山川さん、このままだとあんたが犯人にされるぞ」

「なに？」

ようやく山川は顔を上げた。

「引き取り屋についてはもう言い逃れができない。そしてあんたは引き取り屋のことを隠すため、通報が遅れた理由について警察に嘘をついた。一方、中嶋さんが犯人だって根拠はあんたの証言だけだ」

山川は歯噛みする。しばらく黙りこんでいたが、やがて口を開いた。

「松浦はペットショップの店長たちとよくもめていたよ」

梅津と芽依はじっと山川を見つめる。

「引き取りの値段のことでな。あいつはかなり吹っかけるから。あの日も確か、松浦はペットショップの店長に会うって言っていた」

「誰です？」

「確か『MOFU-MOFU』っていう店の店長だ」

そのペットショップは知っている。まさか、あの店長が。

梅津と芽依は顔を見あわせた。

3

梅津はシニア・パートナールームにいた。

鷹野にこれまでのあらましを説明していく。

「どうやら中嶋さんは無実のようだ」

殺された松浦と山川は引き取り屋だった。何百匹もの犬猫を殺してきたという。文句なく悪だ。ただ彼らのやったことは法律上、重罪ではない。器物損壊罪、動物愛護法違反……おそらく懲役刑といっても執行猶予付きだ。

ペットショップの店長が犯人である可能性もでてきたと話す。鷹野は聞きながら、梅津が入れたコーヒーをすすっていた。

「ただこれだけでは不起訴にはできないだろうな。中嶋さんのアリバイがあるとかじゃなく、別の奴が怪しいかもってだけだから」

証拠をつかみたいと梅津は続けた。

「なるほど。わかった」

「あんたはどう思う？　鷹野さん」

「その線で正しいだろう。梅津さん、あんたは筋を読む能力に秀でている」

佐伯真樹夫と同じようなことを言う……梅津は微笑む。

「だがそんなことはどうでもいい」

いきなりばさりとやられ、少しむっと来た。

「俺が評価するのは、どれだけその筋が真実である可能性が高まっても、間違っていると判断したなら、すぐにそれを捨てる勇気があることの方だ」

何だそりゃ、褒められているのかどうか、よくわからない。だがまあ、認められているようではある。いいように解釈しておこう。

「梅津さん、無理はするな」

「ああ、あんたも抱え込むなよ」

明るい笑みを残して、梅津は地下の駐車場へ向かった。

ハンドルを握った。

ペットショップ『MOFU-MOFU』の店長、堀口が怪しいのは間違いない。

堀口はこの前会ったとき、売れ残る犬猫はゼロだと言っていた。休憩中の子たちと一緒にいてもらうコンパニオンアニマルとして働いてもらっていると。その説明にとりあえず納得したが、あれは嘘かもしれない。山川は殺された松浦が彼と連絡をとっていたと言っていた。売れ残った犬猫の買い取り価格でもめて、事件になったのかもしれない。

梅津はショッピングモールにある『MOFU-MOFU』に向かう。

ショーウィンドウの中の子猫や子犬を見つめる。

この前来た時、SALEになっていた猫もいない。売れていったのだろうか。あるいは『松山ブリード』とは別の引き取り屋のもとへ連れていかれたのだろうか。

「やったあ！」

商談が成立したようで、小学生くらいの男の子がフレンチブルドッグの入ったケージを手にしている。

「よかったね」

「うん、大事にするから」

帰って行く家族をしばらく目で追った。あのフレンチブルドッグの子犬は十数年後、どうなっているのだろう。老いて命が尽きるその時まで変わらずかわいがってもらえるといいが。

生体販売か。

中嶋は言っていた。どれだけボランティアが頑張っても、生体販売がなくならない限り、不幸な犬猫はなくならないと。人間とは欲望の生き物だ。かわいいと思う時は大事にするが、世話が面倒になったり他のことに興味が移ったりすれば、ないがしろにされていく。引き取り屋もそういうニーズがあればこその商売だ。この事件はそういう人間の欲望が引き起こしたものなのだろうか。

一人の店員がこちらにやって来た。彼女の顔を見て驚く。中嶋が代表を務める『エバーホープ』の内田美鈴だ。

「まさかと思ったが、本当にここまでするなんて……」

梅津の方が先に声をかけた。

「いいえ、中嶋さんを救うためです。このままだと解散ですし。うちで預かっていた子たちは一時的に他の愛護団体にお願いしています」

先日会った折、これまでのいきさつについて話すと、美鈴は『MOFU-MOFU』に潜入すると言い出した。堀口と松浦のつながりについて情報を得るためだ。梅津は反対したが、彼女はペットショップにいた経験があり、内部を探るにはもってこいの人物だ。中嶋を救いたいという情熱に負けて任せることにした。

「ここのバイトになって何かつかめましたか」

「はい、実は」

あたりを気にしながら、美鈴は声を絞った。

「実はこのペットショップ、店長しか入れない倉庫があるんです。そこからワンちゃん猫ちゃんの声が聞こえてくるんです。他の店員に聞いても、鍵《かぎ》は店長が持っているので誰も入れないそうです」

そんなスペースがあるのか。確かにそこは売れ残りの犬猫を入れて置くスペースかもしれない。だがそれだけでは『松山ブリード』との関係があったとは言えない。ましてや松浦を殺したという証明にはならない。

こちらが欲しいのは、松浦と堀口のつながりを示す何かだ。しかも事件当日、その時間に二人が会っていたことを示すような証拠があれば事情は大きく変わるのだが。

「堀口店長は近々動くかもしれません」

梅津の言葉に美鈴は目を瞬かせた。

「え、どういう意味です？」

「もし売れ残りの犬猫を『松山ブリード』に引き取ってもらってたのが事実なら、引き取り手がいなくなって、今困っているはずですから」

「そうか、他の引き取り屋へ連れていくかも」

美鈴は手を打った。

「気をつけて見てますね。あ、店長が来たから戻ります」

そこで美鈴とは別れた。


それからしばらく日が流れた。

梅津は中嶋との接見を終えた。勾留《こうりゅう》期限が迫っており、もうすぐ起訴するかどうかの判断が下る。何とかしたい。

時計を見ると、午後二時前だった。

美鈴の電話によると、これから堀口は本社の会議に出るらしい。

梅津は『MOFU-MOFU』本社に向かった。待っていると、駐車場に堀口の運転する車が入っていった。美鈴が言うには、堀口は重役たちの信頼を得ているそうだ。

「くそ、どうすればいい」

あれから堀口を見張っているが、これといってぼろを出す様子はない。

他の仕事もあるし、刑事のようにずっと見張っているわけにはいかない。

特に収穫もなく、次に向かったのは『エバーホープ』だった。

全ての犬猫を他の団体に任せることはできなかったそうで、ここに数匹残っている。美鈴がバイトをしている間、少し様子を見て来て欲しいと言われていた。

梅津はエサと水をやり、撫でてやった。

その時、誰かがこちらを見ていた。

あの人は……。

あの老人、以前に見た覚えがある。確かここ『エバーホープ』で犬の譲渡を拒否されて激怒していた人だ。神田と言ったか。

梅津は声をかけてみることにした。

「犬がお好きなんですね」

神田はこちらのことを覚えていなかったようで、何だと言う顔だ。梅津が以前見かけたことを伝えると、苦笑いした。

「恥ずかしいところを見られたな。けどなんであんなに譲渡条件が厳しいんだ」

神田は憤慨していた。

「梅津といいます」

名刺を渡し、弁護士であると告げた。梅津はそれから、少し話を聞いてみた。神田潔《きよ》志《し》は以前、不動産業でひと財産作ったという。今も貯金は多くあって別荘もいくつか持っているそうだ。ただ娘は外国に嫁いでしまい、妻を亡くしてからは一人暮らしでさみしい思いをしてきたという。

「五年前に女房に死なれたんだ」

梅津と似たような境遇で親近感がわいた。趣味も特になく、あまり友人もおらず、犬を飼いたいと思ったらしい。

「本当は社会に恩返しするつもりで保護犬を引き取りたかったが、あのざまだ。仕方なくペットショップならいいだろうと思ったんだが、駄目だと言われてな」

「買えなかったんですか？」

神田はうなずく。

「近くのショッピングモールの店だよ」

どうやら『MOFU-MOFU』のようだ。どういうことだろう。愛護団体とは違って、ペットショップなら売りたいばかりだろうに。

もう少し神田と話をする。今日ここへ来たのは、ただ犬の顔が見たかったからだそうだ。

「やっとわかったよ。動物を飼うのも大変なんだってな」

神田は言い残して、去っていった。

自宅に帰った時には、午後九時前だった。

小腹がすいたのでバナナを食べると、布団を敷いて横になる。明日も仕事なので早く眠りたいが、どうしても眠れない。

机の上には今は亡き妻と、娘の亜矢子の写真が飾られている。

梅津は写真を手にとった。亜矢子が幸せに暮らしている姿を、死ぬ前に一度見たい。いやそうでなくとも、もう一度だけ会いたいとずっと思っている。

犬に関する出来事が続くので、うちの犬のこともよく思い出す。昔、我が家にもポケという犬がいた。ポケは亜矢子が子どもの頃、こっそり拾ってきたので、やむなく飼うことになったのだ。亜矢子が家出した日から年老いて死ぬその日まで、亜矢子の帰りを待っていた。俺も妻も娘と喧嘩した手前、意地になっていた。早く帰ってきて欲しいと玄関で待ちわびている素直なポケの姿に慰められたものだ。

写真の亜矢子を見つめていると電話があった。

表示は美鈴になっている。

「はい。もしもし」

「見つけましたよ！　証拠」

美鈴は興奮気味だった。

「何を見つけたんですか」

「堀口店長の卓上カレンダーです。事件のあった日のところに松山ブリードとはっきり書いてあるんです」

「時刻も書いてありますか」

「はい。横に午後七時って……」

それは松浦が殺された時刻と完全に一致していた。やはりそうか。山川の証言だけでは弱いと思っていたが、これならいける。中嶋は松浦を殺すところを見られたわけではない。死亡推定時刻から一時間後、不法侵入したところを見られたに過ぎない。堀口が死亡推定時刻に現場にいたのならそちらの方がずっと疑わしい。

「それと梅津さん」

美鈴は言葉を続けた。

「たぶんこれから、堀口店長は引き取り屋のところへ行くんだと思います」

「何か根拠があるんですか」

「はい。店長が例の倉庫からいくつかケージを出して、車に運び込んでいるんです」

美鈴は帰ったふりをして様子をうかがっているらしい。

「そうですか。ありがとうございます」

美鈴がここまで大きな働きをしてくれるとは正直思っていなかった。ペット業界の次は探偵業なんてどうかと勧めたくなる。

「絶対に中嶋さんを助け出しますから」

よろしくお願いしますと言って通話は切れた。

堀口と松浦が会っていたのが確かなら、それだけで大きな証拠になる。

堀口が売れ残った犬猫の引き取りで松浦と揉《も》めて殺した。この筋に間違いはない。鷹野だって認めていた。これ以外にあるだろうか。

だが不思議とどこかに引っかかるものがあった。

自分でもよくわかっていない。この線で間違いないと思うのに、何かがおかしい気がしている。

鷹野はこの前、言っていた。俺を評価するのは、どれだけその筋が真実である可能性が高いと思っても、間違いだと判断したなら、すぐにそれを捨てる勇気があるからだと。

もしかしてこの筋、どこかで間違っているだろうか。

これまでのことをもう一度、初めから思い返す。

——ひょっとして。

思いもしない考えが浮かんだ。

4

大急ぎで車を出した。

堀口は犬猫をトラックに積み込んでどこかに向かっていると美鈴から聞き、慌てて彼女のもとへと向かっている。何か危険な目にあったら俺のせいだ。美鈴の熱意に甘えてしまったが、彼女は一般人だ。うかつな行動に出ないといいが。

その時、スマホに着信があった。美鈴からだ。

すぐに車を左に寄せて電話に出る。

「梅津さん、やっぱり当たりですよ。今、引き渡し現場にいます。相手が現れて別のトラックにケージを積みこんでいます」

美鈴は場所を説明する。どうやら近くまで迫っているようだ。

「無理しないでください。もうすぐ合流できますから」

ナビを見ながらしばらく行くと、空き地があった。そこにはトラックが二台、止まっている。近くには軽自動車があった。

梅津は車を降り、美鈴が乗っている車の窓を叩く。

美鈴は、はっとしたように窓を開けた。

「さっき、積み込みが終わったようです」

梅津は空き地の様子を見た。外灯の下、堀口と別の男性が話をしている。だが声は聴きとれない。

「それと梅津さん、これが店長のカレンダーです」

まさか持ち出してきたのか。受け取ると、確かに電話で聞いた通りのメモが書いてある。もう一度、空き地に視線を送った。

堀口が相手の男性に現金を渡した。

受け取った男はトラックに乗ってすぐに出て行った。

「梅津さん、私、追います」

もう十分だと止めたが、耳に入らないようで、美鈴は憤慨した表情で車を出した。梅津はやれやれ、とため息をつく。この際、ここで決着をつけるべきだろう。

犬猫のケージを渡した堀口はトラックに戻ろうとしている。だが運転席のドアに手をかけたとき、梅津が声をかけた。

「ここで何をしていたんですか」

無言のまま、堀口は振り向いた。

すぐにはわからなかったようだが、やがて堀口は小さく口を開く。梅津のことを思い出したようだ。

「堀口さん、あなたに自首を勧めに来ました」

梅津はいきなり切りこんだ。

「あなたですよね？　松浦さんを殺したのは」

堀口の顔がこわばった。こんな反応で見極めるつもりはない。堀口を追いつめるには、ただ事実を告げていけばいい。

「堀口さん、あなたは嘘をつきましたね」

「嘘？　何のことです」

「殺された松浦さんのことです。彼のことは知らないとのことでしたが、松浦さんの共同経営者である山川さんが言っていましたよ。事件の日、あなたが松浦さんと話していたと」

さっき美鈴から渡されたカレンダーも見せた。

「あなたのペットショップは表向き、健全な経営をしていますね。ですがその裏では売れ残った犬猫を『松山ブリード』に買い取ってもらっていた。だがその日、何らかのトラブルになってあなたは松浦さんを殺した……」

堀口はこちらを睨《にら》んでいる。梅津はさらに続ける。

「……ついさっきまで、そう思っていました」

「思っていた？　今は違うと言うんですか」

「ええ、あなたが松浦さんを殺したのは事実です。ですがそこには別の理由があったんです」

「何だと言うんですか」

「そもそもあなたは犬猫を引き取ってもらってなどいなかったんでしょう？」

堀口は黙ったまま、じっとこちらを見つめていた。

「あなたは不幸な犬猫のことをずっと真剣に考えてきたんです。利益だけを考えるペットショップの店長じゃない。ましてや経営を気にして殺すなんてするはずもない。あなたは単純に、引き取り屋である松浦さんが赦せなかったんです。だからあの日、ひどい扱いをやめるよう抗議しに行ったんじゃないんですか」

堀口から反論はなかった。やはりそうか。この推理は当たっているのだろう。

そう思ったとき、美鈴から電話があった。

「梅津さん、私、恥ずかしい勘違いをしてました」

美鈴は言いにくそうに続けた。

「さっき店長が取引していた人、保護猫カフェの店員だったんです。『MOFU-MOFU』で殺処分寸前の犬猫を引き取って、無償譲渡していたんですって。予防接種の代金まで店長が出していたんです。そうとは知らずにつかみかかっちゃって……」

相手は知らないが、美鈴はとりあえず無事なようだ。ため息をつきつつ電話を切る。

堀口は黙ったまま、下を向いている。

おかしいと思ったのは神田と話した時だ。神田は『MOFU-MOFU』で犬を買うのを断られたと話した。ペットショップは愛護団体のように譲渡の条件は厳しくない。高齢者でも一人暮らしでも喜んで売るはずなのに、おかしいと思った。

堀口は神田に丁寧に説明したらしい。あなたは一人暮らしということですが、終生面倒を見きれますか？　あなたが亡くなったとき、この子はどうなるか考えていますか……後で神田は言っていた。腹が立って怒鳴ってやりたいところだったが、堀口の犬猫を思う姿勢に、考え方が変わったと。

「ただ一つわからなかった。それはあなたが自首しない理由です」

梅津はさらに言葉を続けていく。

「でも今はわかりました。あなたの経営する『MOFU-MOFU』は生体販売をやめてペットフードやグッズの販売に特化していく方針へと舵《かじ》を切ろうとしているそうですね？　そしてその動きを最も推進してきたのがあなただって」

「…………」

「生体販売をやめるという正式決定が出る会議がもうすぐなんですよね？　ただ反発も大きくて百パーセントそうなるという保証はない。だからあなたは生体販売中止を実現させるまでは、自首するわけにはいかない。そう思ったんです。違いますか」

堀口は目を閉じている。言葉は返ってこなかった。

しばらく間があって、堀口はようやく言葉を発した。

「彼を殺すつもりはなかったんですよ」

自白した堀口はうなだれた。

それから堰《せき》を切ったように、堀口は話した。彼は『松山ブリード』の情報を聞き、もしそれが事実なら赦せないと思って連絡をとった。そしてあの日、松浦が繁殖場で犬を殺しているのに出くわしたらしい。

告発すると言うと、松浦はカッターナイフで襲いかかって来た。取り上げようともみ合っているうちに、首に刺さってしまったのだという。正当防衛が認められるかどうかはわからない。

「子どもの頃から夢がありました。不幸な犬猫たちを救いたいって」

「堀口さん」

「ちっぽけな夢だったんです。手のひらの上に載るくらいの」

堀口は手のひらを夜空にかざした。

「でもやろうとすると、本当に難しい」

広げた手がぐっと握られた。

堀口はじっと目を閉じている。その握りしめた拳《こぶし》はわずかに震えている。

「あなたがかなえたかった理想、まだ実現可能です」

そうだ。いくらでもやり直せる。後は俺が弁護していく。自首してください。静かに言うと堀口は黙ってうなずく。

しばらくしてその閉じた目から、ひとすじの涙がこぼれた。

5

ショッピングモールのイベントスペースは、多くの家族連れでにぎわっていた。

保護された犬猫の譲渡会だ。

複数の愛護団体が共同で開催していて、中嶋や美鈴の『エバーホープ』もこのイベントに参加している。梅津は芽依とともにやって来た。もちろん犬などもらい受けるわけではない。無罪放免となり釈放された中嶋がぜひにと言うので様子を見に来たのだ。

「けっこう人がいるな」

芽依は子犬を撫でさせてもらっている。横には子猫たちが転がっていた。

「堀口って店長、本当は優しい人だったんですね」

そうだなと梅津は大きくうなずく。

あれから堀口は自首した。

そして当然ではあるが中嶋は釈放された。堀口の弁護は梅津が担当することになった。事情を考慮され、正当防衛が認められそうだ。

堀口は高い理想を持つ男だった。中嶋や他の愛護団体の人に負けないくらい犬猫の幸せを願ってきた。殺処分が悪、生体販売が悪、無責任なエサやりが悪……それらはすべて正しいのかもしれない。ただ批判するだけでは変わらない。そう思った堀口はあえてペット業界に身を置いて、産業体制を変えさせようとしていたのだ。こんなことを考えている人間がいるとは思いもしなかった。

「新しい家族が早く迎えに来るといいですね」

「だな」

譲渡会場には生まれて二、三か月くらいの子猫が多かったが、その中で目立つ老犬がいた。見覚えがあると思ったが、そうか、あの時の犬か。公園で倒れてそのまま亡くなった男性が飼っていた老犬だ。

「あ、中嶋さん」

芽依が駆け寄っていく。中嶋と美鈴が手を振っていた。

「梅津さん、本当に何とお礼を言えばいいか」

「ああ、いえいえ」

梅津は老犬をよしよしとなでた。

「これだけ年老いていると、引き取り手を見つけるのも一苦労なんじゃないですか」

「それが、譲渡先が見つかったんです」

「えっ、本当ですか。よかったねえ」

芽依は老犬を抱きしめた。こんな大きな老犬を引き取ってくれるなんて、奇特な人もいるもんだ。

「実は……」

美鈴が言いかけると、一人の男性がやって来た。

神田は微笑みながら、犬を迎えに来たようだ。

「すみません。あの時はきついこと言って」

美鈴が謝っていた。

「いやいや、こっちが悪いんだ。怒ってすまんかったな」

あれから中嶋と美鈴は話しあったという。万が一、譲渡先でペットが飼えなくなったら、別の譲渡先へつなぐサポートを始めることにした。これから『エバーホープ』では一律の年齢制限は廃止し、個別に譲渡可能かを判断していくという。

「この子をどうか幸せにしてやってください」

中嶋に言われて、神田はありがとうと何度も頭を下げた。

梅津は鷹野のことを思い出していた。

今回の真相に気づけたのも、鷹野の助言が根本にあった。鷹野は言っていた。自分が買っているのは筋を読める能力じゃない。それが間違っていると思ったときに修正できる能力であると。

堀口が犯人である可能性が高いとは思っていた。だが誤った人物像を修正することなく突き進んでしまえば、堀口が素直に自首に応じてくれなかったかもしれない。彼の真実の姿に気づけて良かった。

嬉しそうにリードを握る神田と、よぼよぼと彼についていく老犬の後ろ姿を見つめる。幸せになと願いながら、梅津は会場に背を向けた。

6

鷹野は事務所を出て、拘置所に向かった。

これから木村秀幸に会う。殺人罪で無期懲役判決を受けている男だ。

こいつが久美子を殺した犯人だという確証はない。だが名前の一致、静岡にいた事実はやはり無視できない。他に候補がいない状況でもあり、何とか過去を探りたい。

担当の弁護人は上永恒夫《うえながつねお》だった。

ルーム1にいた有力な弁護士であり、鷹野が追い出したという経緯もある。彼を通じて探っていくのは難しい。直接聞き出すしかない。

東京拘置所に着くと、接見を申し込む。

やがて接見室に通された。

これから会うのは、久美子を殺した人物かもしれない。そう思うと、ドアノブがいつもより重く感じた。

椅子に腰かける。

やがて遮蔽板《しゃへいばん》の向こうに、一人の老人が姿を見せた。

禿頭《とくとう》で側頭部にだけ白髪が残っている。奥目で唇が厚く、肩幅が広い。眼と眼の間隔が狭く、魁偉《かいい》という言葉が似合いそうな容貌《ようぼう》だ。

「初めまして。弁護士の鷹野といいます」

何や、としわがれた声が聞こえた。

「わしにはもう弁護士がついとるが、どういうつもりや」

「このままで無罪が勝ちとれると思いますか」

木村はじっと鷹野を睨んだ。

「面倒なことはいらん、あんたの狙いは何や？」

「無罪判決です。ただその実績が欲しいんです」

「控訴審、あんたがやればひっくり返せるっていうんか」

思ったよりも呑《の》み込みが早い。鷹野はうなずく。ただ会って過去について教えろと言っても素直に語るはずもない。こちらも相応の何かをちらつかせて油断させなければいけない。

「可能です」

　木村が起こした事件の判決を見てみたが、自白調書以外にはめぼしい証拠が見つからない。この部分を崩せれば逆転無罪は可能だ。

「控訴審は原審の判決をしっかり読みこみ、有罪になった部分を崩していくことが重要となります。ひとことで言ってあの判決は荒い。崩せます」

　木村はまんざらでもないような笑みを浮かべて、あごをさすった。

「言うとくけどな、鷹野先生」

「はい」

「わし、ホンマはやっとるで」

　ずしりと響いた。

「構いません」

　正直に言っていただいてありがとうございます、と鷹野は頭を下げた。

　木村はにやりと笑った。

「あんたはわしと同じ種のようや」

「同じ種？」

「そういうこと。あんたも合理主義者やろ」

　そうです、と鷹野はうなずく。

「わしの担当、上永っていう先生はくそ真面目過ぎる。性に合わん。あの人には殺したってよう言わんかった。正直に言うても自分の首を絞めるだけや。弁護士やったら被告人ファーストやろ。あほちゃうかって思ってたわ。俺は殺して得するなら殺す。損するなら殺さん。いいか悪いかやない。ただの損得勘定、それだけや」

それはまるで久美子を殺したと自供したかのように聞こえた。何かが口からあふれ出そうだったが、かろうじて鷹野は押しとどめた。

「ただ木村さん、心配の種は別のところにあるんです」

「別のところ？」

「ええ、今回の事件に関しては何とかなります。ですが過去に関してはわかりません。不意を突かれてはこちらも困ってしまうんです。木村さん、過去にあなたの不利になるようなことはありませんか」

柔和な顔で鷹野は訊《たず》ねた。そうだ。これが唯一、お前に聞きたかったことだ。久美子のことを知れるなら、どんなことでもしてやる。

「私はあなたの味方です。どんなことであっても話してくだされば、不利になることは一切ありませんので」

木村は目をそらし、首をひねった。

長い間があく。すぐに否定できない様子だ。

「実はな、いくつかある」

何だ。せっつきたいが、こちらから言っては駄目だ。

「何やと思う？」

「さっぱりわかりません」

間があったが、木村はにやけるだけで答えなかった。

ダメか。まあ、いきなり押しかけて心を開けという方が無茶だ。

鷹野はそれから、どうやって逆転無罪を勝ちとるかを具体的に語った。証拠があまりにも脆弱《ぜいじゃく》であることについて、詳しく論じていく。

「また来ます」

微笑みを残して接見室を出た。

会ってみた感触だが、木村は予想通りくずのようだ。あんな男と同じ種か。不本意ではあるが、正しいかもしれない。

だがあいつが本当に久美子を殺したのかどうかはまだ見抜けない。時間がかかるかもしれないが、必ず突き止めてみせる。

第四話　もう一つの正義

1

透明な遮蔽板《しゃへいばん》の向こうに、さわやかな笑みがある。

白い歯が光っていて、優しげな瞳《ひとみ》がこちらに向けられている。佐伯芽依は真剣なまなざしを彼に送った。

「じゃあ、盗んだのは間違いないんですね」

青年はゆっくりとうなずいた。

「はい。ごめんなさい」

この被疑者の名前は橋本大和《はしもとやまと》。罪名は窃盗罪。デパートでブランド品の財布をくすねたそうだ。

「もう二度とこんなことはしません」

「どうしてこんなことをしたんですか」

「何て言うか、出来心です」

反省はしているようだが、あまりにも軽い。

橋本は二十二歳の大学生。決して貧しいわけではない。それどころか実家が裕福でお金も自由に使っていいことになっている。

「もうしません。だから今度だけは助けてください」

執行猶予をつけられるかどうかが、裁判の焦点になるだろう。被害を受けた店にもしっかりと謝罪し、心証をよくしなければ。

「ではまた来ます」

接見を終えて拘置所を出た。

空はよく晴れていた。

弁護士になって三年近くが経つ。あっという間だった気もするし、色々ありすぎてずいぶん時がたったようにも感じる。父の運営する法律事務所に所属し、あこがれだった弁護士としての日々をスタートさせた。

慣れない仕事や人間関係にあたふたとしているうちに、突然父が病死した。

悲しみに暮れる暇もないまま、父が遺《のこ》した事務所を守っていかなければいけないという使命感に駆られた。しかしすべてにおいて未熟な自分が嫌になり、この先どうしていいのかと途方に暮れていた。

ただそんな日々の中、鷹野の登場が新しい風を吹きこみ、今はやる気に満ちている。

「佐伯さん、おかえり」

杉村だ。梅津の顔もある。

「鷹野さんが集まれって」

二人に続いてカンファレンスルームに移動する。

「先日の依頼の件で集まってもらった」

鷹野は全員に向けて呼びかけた。

「桐生から説明する」

鷹野に言われ、桐生はうなずいた。

「被告人は兵藤圭太《ひょうどうけいた》さん、三十二歳。トラック運転手です。兵藤さんは殺人の容疑で逮捕されましたが、犯行を一貫して否認しているそうです。被害者は川島鉄二《かわしまてつじ》さん。二月六日。自宅のアパートで殺されていたそうです」

兵藤と川島。二人は同じアパートの住人だという。現場から兵藤の指紋が発見され、靴の痕《あと》も兵藤のものと一致したらしい。

殺人の否認事件だ。

「それと特筆すべき情報があります。殺害された川島鉄二さんですが、実は前科のある人物なんです」

「前科者かあ、どんな罪なの？」

杉村が問いかけた。

「殺人です。三十年近く刑務所に入っていて、去年出てきたばかりだったそうです」

桐生の説明に、ルーム１は静まり返った。

殺されていた川島を発見して通報したのは、川島の身元引受人となった保護司だったという。出所して間もない殺人犯が殺される……。裏に必ず何かありそうな、一筋縄ではいきそうにない案件だ。

メンバーの視線が自然と鷹野に集まった。

主任弁護人は誰だろう。杉村は指名されたくないようでそっぽを向いている。梅津は黙ってコーヒーをすすっていた。

「俺がやりましょうか」

手を挙げたのは桐生だった。

桐生は先日、再審事件で無罪を勝ちとった。近頃ますます飛ぶ鳥を落とす勢いで実績も能力も群を抜いている。鷹野もルーム1に来てすぐに行った能力診断で、最高点をつけたほどだ。彼なら難なくこなせるだろう。杉村も梅津もほっとしたような顔だ。

鷹野は目を閉じて考えていたが、やがて開いた。

「主任弁護人は佐伯芽依、お前に任せる」

まさかと思ってすぐには声が出なかった。

「私ですか」

「不満か」

「いえ、やります。任せてください」

「他の者は補佐するように」

他のメンバーもしばらくぽかんとしていた。どうして私に？　不安な気持ちになりそうなのをぐっとこらえる。経験をつませようとの考えかもしれない。大丈夫。依頼人のために頑張ろう。そう決意すると、父の遺したリーガルパッドをぐっと抱えた。

荻窪《おぎくぼ》で電車を降りると、警察署に向かった。

被告人、兵藤圭太がここにいる。弁護士バッジを見せると、接見室に案内された。

とりあえず否認して無罪にしてもらえたら儲《もう》けもの、くらいの気持ちなんじゃない？

杉村と梅津がそう言っていた。

だが先入観を持つのはよくない。まっさらな心で被告人の声に耳を傾けていくんだ。

私は誰も見捨てたりしない。

やがてサンダル履きの男性が姿を見せた。

小柄でなで肩。口元がしまりなくふにゃっとしている。

この男が兵藤圭太か。

逮捕された根拠は目撃情報と部屋に残っていた指紋だ。

「はじめまして。兵藤さんですね」

兵藤は上目づかいでこちらを見た。

「ああ、どうも」

緊張しているのか、おどおどした様子だ。

芽依は簡単に自己紹介すると、しっかりと兵藤の目を見据えた。

「さっそくですが聞かせてください」

兵藤はしょぼしょぼと目を瞬かせた。

「あなたは川島さんを殺し……」

「僕はやってませんよ」

さえぎるように兵藤は言った。泣きそうな目をしている。

「では兵藤さん、あなたは本当に無実なんですね」

「そうです。殺していません」

助けてください。兵藤はそう言いながら、遮蔽板に顔を近づけた。

信じたい。その気持ちが沸き起こってくるが、まだ会ったばかりだ。感情的になったら失敗する。事実をしっかりと確認しないといけない。

「兵藤さん、あなたと川島さんは同じアパートに住んでいたんですよね。個人的なつきあいもあったんですか」

「趣味が釣りで同じだったので、見かけたときに時々話しました。もちろんあの人が殺人を犯したことがあるなんて、知らなかったです」

芽依は一言も聞き漏らさぬようメモを取る。

「普段から川島さんの部屋に行っていたんですか」

「いいえ」

「では殺害現場からあなたの指紋が出てきたというのはどういうことですか？　兵藤さん、これについて説明してください」

兵藤はようやく落ち着いたようで、おどおどした様子はなくなった。

「それは中に入ったからです。アパートの自分の部屋に帰る途中、通りかかった川島さんの部屋の扉が半分開いていたんです。どうしたんだろうと思って通りすぎたんですけど、気になって戻りました」

　声が次第に大きくなっていく。

「おかしいなと思って声をかけました。でも返事はありません。僕は勝手に入って中をのぞきました。川島さんが倒れていたんです。血だらけで……めった刺しにされていました。すぐに死んでるってわかりましたよ」

「近隣の住民が、包丁を手に川島さんの部屋から出てくるあなたを見たと言っていますが」

「出てきたのは事実です。でも包丁なんて知りませんよ」

　凶器はいまだに見つかっていない。目撃証言は気になるが、依頼人の言葉を信じるしかないだろう。

「どうしてすぐに通報しなかったんです？」

「通報しようかとも思いましたが、勝手に部屋に入っちゃったし、下手したら犯人だと疑われるって思って」

　芽依は大きくうなずいた。

「部屋の中で、何か気になることはありませんでしたか」

「あります」

兵藤は即答した。

「川島さんが倒れていた部屋の机の上に、手紙が置いてありました」

「手紙？」

「ちらっと見えただけなんですけど、川島さんを殺してやりたいというようなことが書かれてたんですよ。刑事や検事にも言ったんですけど、嘘をつくな。そんなものなかったって相手にされなくて」

兵藤は頭を抱えた。

「ということは兵藤さんが見たときにはあったのに、警察が駆け付けたときには失《な》くなっていたということですね」

「たぶん。でも絶対に見ましたよ」

「おかしな話ですね」

どういうことだろう。その話が本当なら引っかかることが二つある。一つは手紙の主が誰なのか。わざわざ手紙を送り付けるなんてよほど川島のことを恨んでいる人物だろう。川島は過去に殺人を犯している。その事件の関係者なのだろうか。

もう一つ引っかかるのは、手紙が消えた理由だ。

もしかすると消えたのではなく、警察が隠しているだけなのだろうか。いや、まさか。そんなことをする意味がない。ということは警察が現場に来る前に、誰かが手紙を持ち去ったということか。

「信じてくださいよ。僕は殺していません」

兵藤は遮蔽板にはりつきながら、必死で訴えていた。

この訴えは本当かどうか正直なところわからない。しかしこれだけはっきりと犯行を否定しているのだから、無実の可能性を信じたい。

もう少し事情を聞いて芽依は警察を後にした。


午後九時すぎ。赤羽駅で降りた芽依は重い足取りで坂道を上っていた。

向かう先は師団坂にある自宅だった。

会って話してみた感じ、兵藤は殺人など犯すようには見えなかった。何とか弁護して救い出さなければ。私だってやれるはずだ。

教会の前で立ち止まる。

師団坂教会。小さい頃、よく遊んでいたところだ。

芽依は顔も覚えていない母のことを考えた。父は母のことを語ってくれなかった。死んでしまったのか、生きているのかもわからない。とても優しい父だったが、どうして母のことになると口を閉ざすのかずっと疑問だった。

薄明かりが点《つ》いていて、女性の牧師冨野《とみの》静子《しずこ》の姿が見えた。

「冨野さん」

「ああ、芽依ちゃん。このところよく来てくれるわね」

芽依は礼拝堂に入ると、ひざまずいて十字架に祈りをささげた。

「お仕事、順調？」

「なんとか。ぼやぼやしていると、父に怒られそうで」

死に際して父はこう言った。母のことをどうしても知りたかったら静子に訊《き》けと。父は忙しかった。毎日仕事漬けで、芽依が幼い頃は祖母が面倒を見てくれた。祖母が亡くなってからは、この静子にもよく世話になっていた。

昔、祖母はこう言っていた。母はいつも芽依と一緒にいる。見守ってくれていると。この言い方だと、もうこの世にいないのだろうかと幼い芽依はがっかりしたのだった。

ただもう一つ、考えていることがある。

「冨野さん」

口に出したことは一度もないが、ずっと思っている。本当はこの静子が私の母親ではないのかと。祖母の言っていた、見守ってくれているというのはそういう意味なのではないのかと。しかし今さら、母のことを知ってもあまり意味はない。目の前の仕事に全力で向かい、早く一人前の弁護士になることが私の願いだ。

「どうかした？」

「いえ、おやすみなさい」

芽依は微笑むと、教会を後にした。

2

兵藤の弁護人になってから、しばらく時間が流れた。これといって進展はなく、苦戦している。

タクシーで移動中、芽依は被害者、川島鉄二が起こした殺人事件の資料を読んでいた。

事件が起きたのは三十年近く前のことだ。

川島はそのとき、覚せい剤を使用していた。路上で暴れ、通行人の女性を包丁で刺した。殺害されたのは稲森有依子《いなもりゆいこ》という近所に住む女性だった。

殺人罪。

弁護側は心神耗弱として減刑を求めたが受け入れられなかった。川島はそれまでにも薬物所持で何度か逮捕されていた。

川島は長い服役を経て昨年、仮釈放された。かつて縁のあった原義男《はらよしお》という保護司が身元引受人となったという。身元引受人がいないと仮釈放は無理だ。原は元教員で、川島の担任をしていたのだという。

やがてタクシーは出所者支援センターに停まった。

川島の保護司、原はここで活動しているという。彼は川島が殺されたのを発見し、通報した人物でもある。受付で話をして、原が来るのを待った。

「ああ、初めまして」

白髪で背の高い老人が姿を見せた。

「原です。よろしくお願いします」

「弁護士の佐伯と申します」

名刺を渡すと、原は目を瞬かせた。

「ひょっとして、佐伯真樹夫先生の……」

芽依は娘です、と頭を下げた。

「そうなんですか。佐伯先生の娘さんとは。本当に素晴らしい先生でした。実はこの施設の設立にも先生は力を貸してくださっていたんです。資金援助だけではなく、支援の中身まで相談に乗っていただきまして」

こんなところでも父の名が出るとは思いもしなかった。父のことを褒められることは嬉《うれ》しく思うが、どこか居心地が悪い気もする。

「真樹夫先生はどうすれば罪を犯した人間が更生できるのかと一生懸命考えてこられたんですよ。うちの施設だけでなく病院とも連携して、各地で出所者の社会復帰を真剣に考えておられました」

気恥ずかしい思いをそらすように、芽依は問いかけた。

「用件は川島さんのことです」

切り出すと、原はうなずいた。

「本当にこんなことになるとは思いもしませんでしたよ。川島くんの犯した罪は刑に服したからといって赦《ゆる》されることではありません。でも殺されてしまうなんて、人を殺した報いだという言葉で片づけられるもんじゃないと私は思います」

原は無念そうに首を横に振った。

「実際、逮捕される前の川島くんは酷《ひど》かった。裁判でもさっさと死刑にしろやって叫んでいましたから。ですが月日が経ち、彼も心から反省していました。出所後はまじめに働き、亡くなられた稲森さんやご遺族の方のために何かできないかとずっと考えていたんです。少しでも償いたいと働いたお金をためていました。ご遺族にもその思いが届き始めた矢先だったんです」

「更生していたということですか」

「そうは言いきれません。ただ変わってきていたのは間違いないです。くり返し薬物に手を出してしまうことを彼の意志の弱さと責めるんじゃなく、病気であることをしっかり自覚させ、周りに受け入れられたことが大きかったようです」

薬物依存は簡単に治るものではない。

以前は本人の問題として厳罰で対応していくしかなかったが、今は専門機関で治療していくことの重要性が共通認識となっている。

「刑罰を科すのではなく、犯罪者を治療していくことで治安を守ろうとする考えを、セラピューティック・ジャスティスというそうですね」

日本語にすると治療的司法。欧米ではドラッグ・コートやDVコートなど専門の法廷もあるが、日本ではまだ遅れている分野だ。

「この言葉を教えてくれたのは、真樹夫先生です」

「そうでしたか……」

自分の知らない父の姿が見えて少し胸が熱くなった。誇らしい思いもある。ただ立派過ぎる父は重圧でもある。いつものことではあるのだが、複雑な気持ちだ。

だが今はそんなことはいい。私は兵藤圭太の弁護人として、彼を救うためにここに来たのだ。本題に戻ろう。

「原さん、さっきこうおっしゃいましたよね？　川島さんの反省する気持ちが、ご遺族の方にも届き始めたって」

「え？　はあ」

「どうしてそう思われるんですか」

「それは……」

原は少し間をあけた。

「以前は受け取ってもらえなかった川島くんの反省の手紙を、最近はようやく読んでもらえるようになったからです」

「へえ、それはすごいことですね」

「稲森有依子さんのご両親は亡くなられていて、身内の方はお兄さんお一人なんです。

その方とのやり取りをずっと試みてきたんですが、謝罪に墓参りに行きたいという川島くんの申し出に、かまわないと言ってくださったんです」

殺された稲森有依子の兄は有也《ゆうや》というらしい。

「それどころか、会って話してもいい……そんな感じでしたよ。私も川島くんも泣いて喜んでいたのに、まさか殺されてしまうなんて」

原は首を左右に振った。兵藤の前に現場に入ったのは原だ。もしかしたら彼が何か知っているかもしれない。芽依は核心部分に切り込んだ。

「原さん、手紙をご存じありませんか」

「手紙？　川島くんが稲森さんに送った手紙のことですか」

「いえ、川島さんの遺体の側にあった手紙のことです」

芽依の言葉に、原は視線をそらした。

「逮捕された兵藤さんは、殺された川島さんの側のテーブルに手紙があったと言っています。でも警察はそんなものなかったと」

原の指の先がわずかに震えていた。

「正直にお願いします。手紙のことを知りませんか」

原はこらえきれないように唇を噛《か》んだ。

「知っているんですね」

「はい。私が持ち去りました」

「どうして？」

「……すみません。本当にすみません」

しばらく謝罪が続いた。だがこちらはそんなことより早く真実が知りたい。

「すべてお話しします」

原は少し待っていてくださいと言って、席を立った。

兵藤の言っていたことは本当だった。手紙はあったのだ。だがこの原が持ち去る理由はまったく見当がつかない。どういうことだったのだろう。

しばらくして、原が戻ってきた。

手渡された手紙を広げ、芽依は目を通した。

――川島さん、出所されたそうですね。あなたのことはずっと見てきましたが、裁判での様子が今でも頭から離れません。あなたは現場にいた有依子が悪いと言いましたよね。私は正直、あの場であなたに飛びかかって殺してやりたいと思っていました。あなたが憎い。何年経っても心はまったく楽にならない。仮にあなたが反省していたとしましょう。それがどうしたというのですか。あなたが薬物依存症で朦朧としていたとしましょう。だから何だというのですか。私は自分の命と引き換えだとしても、あなたを地獄に突き落としたい。それが私の正直な気持ちです……。

あまりの強い思いに言葉を失った。

差出人の名前はなかったが、稲森有依子の遺族に違いない。さっき原は川島が彼女の兄とやりとりをしていると言っていた。確か名前は稲森有也。彼がこの手紙の送り主だろうか。しかし……。

「原さん、どうしてこの手紙を持ち去ったんですか」

問いかけるが、原はしばらく口をつぐんだ。

ただ芽依にもその気持ちは何となくわかる気がした。

「私の推測なんですが……原さん、あなたはこの手紙を見て、稲森有也さんが川島さんを殺したと思って隠そうとしたんですね」

そうです、と原はうなだれた。

「思いが通じ始めたと信じていたので、まさかとは思いました。でも川島さんのことが赦せなくてやってしまった可能性もあると思い、思わず持ち去ってしまいました」

原は加害者と被害者の間に立ってずっと支援してきたから、川島の気持ちも稲森の気持ちもよくわかるのだろう。有也が苦しみの末、罪を犯してしまったとしたら、それを責めることはしたくないと思ったのだ。

「浅はかでした。こんなことをしても誰のためにもならないのに。後悔に押しつぶされそうになっていた時、犯人が逮捕されたと聞きました。有也さんではなかったのだとほっとしていたところだったんです」

「でも兵藤さんはやっていないと言っています」

「そんな、佐伯先生、兵藤という人は犯人じゃないんですか」

「私はそう信じています」

「……何てことだ」

仮にこの手紙が稲森有也のものであっても、犯行を示す直接的な証拠にはならない。

しかしこの手紙が稲森のものであるかどうかを確認すること、稲森があの時間、どうしていたかを確かめることは必要だ。

「この手紙、貸していただけますね」

「はい」

芽依は手紙を鞄《かばん》にしまった。

3

ルーム1に戻ると、梅津がアイスコーヒーを差し出した。

「おつかれさん。どうだい調子は？」

口を開こうとするが、その前に梅津が続けて言った。

「暗い顔して。どうやら苦戦してるな。鷹野さんに補佐してくれって言われてる。俺にも状況を教えてくれるか」

芽依はありがとうございます、と言って微笑む。

「これ、差し入れだって」

杉村がクッキー缶を持ってきてくれて、ブレイクタイムが始まった。芽依はクッキーをかじりながら、これまでの経緯について報告する。原から預かった手紙を見せて話すと、二人とも驚いた。

「そうなんだ。だったら稲森って人、怪しいじゃん」

「やっぱり、杉村さんもそう思いますか」

「警察は手紙の存在を知らないわけか。面白いな」

梅津も興味津々だ。手紙の送り主として思いつくのは今のところ、稲森有也くらいしかいない。

「担当検事、誰だっけ？」

杉村の問いに、芽依はため息まじりにこたえる。

「一《いち》ノ瀬《せ》眞《まこと》人検事です」

「えっ」

「最悪だな」

芽依の気持ちを代弁するように梅津がつぶやく。一ノ瀬とは東京地検が誇るエース検事だ。鷹野でさえ一敗地にまみれたという。

「何で鷹野さん、私なんかに任せたんだろう」

「まあ、佐伯さん一人で戦うわけじゃないし」

「そうそう、あんまり思いつめなさんな。いつでも相談に乗るから。ほれほれ」

もっと食えとばかりに、梅津がクッキー缶を差し出した。

そうだな。まあ、あれこれ悩んでいても仕方ない。

甘いものを食べて話を聞いてもらったら、少し元気が湧いてきた。

「よしっ、やるぞ」

気合を入れ直してエレベーターに乗る。

すっと下まで行けるかと思ったら、十七階で止まった。ホスト風の青年弁護士が乗りこんできて芽依は思わず顔をしかめる。変なタイミングで七条に遭遇してしまった。

「聞いたぜ、相手は一ノ瀬だってな」

七条は外を見ながら髪をかき上げた。

「ええ」

芽依は小さく答える。

「相手はエースストライカーだ。負けてもしゃあねえわな。スーパーグレートゴールキーパーでも止めるのは難しい」

「負けるって決まったわけじゃありません」

口をとがらせる芽依を七条は鼻で笑った。

「何をやっても無駄だ。お前も知ってるだろう？　一ノ瀬にはルーム2のエース、波多《はた》野《の》先生でさえ敗れたんだ。いずれ俺が波多野先生のアダは討つ」

芽依も以前、波多野とともに刑事事件の弁護にあたったことがある。善戦及ばず一ノ瀬の手のひらの上で踊らされていただけだった。自分の能力は波多野に遠く及ばない。でも私だって頑張って調べているし、みんなだって助けてくれる。兵藤がどうなるかは最後まで誰にもわからないはずだ。

「勝ち目がない割には落ち着いてるな」

「そう見えますか」

「まさかと思うが、何か策でもあるっていうのか」

芽依はどうですかね、と適当にはぐらかした。

「おいおい、まさかゴールポストの上に登ってシュートを防ぐみたいなことを考えてるんじゃねえだろうな」

相変わらず七条の言うことはよくわからない。芽依は律義にイメージしてみるが、余計なことに頭を使って損した気持ちになった。

芽依は警察署へと足を向けた。

接見室へ入ると、やがて兵藤がやって来た。前に見たときより心なしか疲れた表情に見えた。仕方あるまい。殺人罪にされてしまうかもしれないのだから。

「大丈夫なんでしょうか」

芽依は何も答えず、原から預かった手紙を広げて遮蔽板に貼りつけた。

「川島さんが殺されていた現場で見たのはこの手紙ですか」

兵藤は目を見開いて何度もうなずいた。

「そうです。これです。よく見つけてくれました。どこにあったんですか」

「原さんという保護司が持ち去っていました」

「そうなんだ。何でまた？　いや、それよりこの内容だったら、川島さんが昔殺した人の遺族が犯人なんじゃないですか」

言いにくいことを、兵藤はさらりと言った。

「もう少し、調べてみます」

拘置所を後にして電車に乗った。

問題はここからだ。

推測するだけで手をこまねいていても何にもならないし、動いてみるべきだ。

荻窪で電車を降りる。しばらく歩くとすぐに目的地は見つかった。

稲森有也は近くの会社に勤務しており、結婚しておらず一人暮らしだそうだ。大きな駐車場の向こうにアパートが見える。一階の部屋には小さな庭がついている。雑草の生い茂る中、一番端の庭だけに、色とりどりの花が咲いている。一〇五号室。その表札には稲森とあった。

芽依は思い切ってチャイムを鳴らした。

「はい」

低い声が聞こえてきた。

「あの、はじめまして。弁護士の佐伯と言います」

原が仲介となり、約束は取りつけてある。どきどきしながら待つと、扉が開く。

姿を見せたのは、色白でやせた男だ。

「面会を承諾してくださり、ありがとうございます」

名刺を渡して頭を下げた。

言葉が返ってこない。

不安に駆られつつも、ゆっくり顔を上げる。

稲森有也は瞬《まばた》きを忘れたように、芽依をじっと見つめていた。その指先がわずかに震えている。どうしたのだろう。

「どうかされました？」

視線を外すと、稲森は小さく首を左右に振った。

「いや、何でもない。どうぞ」

居間に通される。冷たいお茶が出された。

棚の上に写真立てが二つあり、花が供えられている。庭に咲いていたのと同じ花だ。

老夫婦の写真と若い女性の写真。パンを手にエプロンをして微笑んでいる。きっと彼女が妹の有依子なのだろう。優しそうに微笑んでいる。どこかで見たことがあるような顔だが、気のせいだろうか。

「すみません。いきなり押しかけて」

芽依は湯呑《ゆのみ》に口をつけると、そっとテーブルに置いた。

「川島さんが殺されたことはご存じですよね？　私はその犯人として逮捕された兵藤さんの弁護人なんです」

「……それで？」

「兵藤さんは無実を訴えています。だから私は川島さんとつながりのあった方々を訪ねて、調べているんです」

「つまり本当の犯人を捜しているってことですか」

睨《にら》むようなまなざしが降ってきた。

しまった。稲森を疑っていることを感づかれただろうか。

「私は弁護士です。兵藤さんの無実を証明できる可能性が少しでもあるなら、見つけたいんです。川島さんのことで何かご存じでしたら教えていただけないでしょうか」

芽依は必死に訴えた。

「稲森さん、川島さんと手紙のやりとりをされていたんですよね」

「やりとりというか、保護司の原さんがあいつの手紙を持ってくるから、それに対して口でどうこう言ってただけですよ」

「川島さんへ手紙を出されたことはないんですか」

「書くわけないでしょう」

搾り出すように、稲森は答えた。

「本当に知らないんですか」

「わけがわからん。何を言っているのやら」

芽依は鞄から手紙を取り出そうとしたが、手を止めた。そうすると、この手紙は誰が書いたのだろう。

「保護司の原さんにお聞きしました。稲森さんは川島さんが妹さんのお墓参りをすることを認めただけじゃなく、面会してもいいとおっしゃったって。川島さんの反省の気持ちが伝わったのだと喜んでみえました」

「何言ってんだ」

稲森は鼻で笑った。

「あの保護司があんまりしつこいんで、投げやりに応《こた》えただけですよ。会ってはっきり言ってやるつもりだった。お前がいくら反省したところで有依子は帰らない。償うっていうなら死んで償えって」

稲森は冷たいお茶を飲みほし、湯呑を乱暴に置いた。

こちらを見たまま、じっと腕を組んでいる。ちらと視線を上げると、彼のきつい視線が刺さって耐え切れずに目をそらした。

「何であんたらは被害者より加害者の味方をするんだ？　川島なんて、死刑で当然だったんだよ」

稲森は少し感情が高ぶってきた。

「あんたら弁護士はすぐに加害者の人権がどうこうと言う。だがそんなもん、知ったことじゃない。川島は人の命を奪った人間だぞ。そんな奴が殺されたってそれが何だ」

稲森は吐き捨てた。芽依はたまらず言い返す。

「川島さんが殺されたことについて、どうこう言うつもりはありません。加害者だけの味方をしているつもりもありません。私はただ、依頼人が本当に人を殺したのかどうか調べて、無実なら絶対に救わないといけない。そういう思いでやっているだけです」

稲森から言葉は返ってこなかった。

しばらく間があって、芽依は遺影に視線を向けた。

「こちらが有依子さんですね」

稲森は固い表情のままうなずくと、遺影の方を見た。

「ご冥福《めいふく》を祈らせていただいてもいいですか」

稲森は黙って首を縦に振った。芽依は手をあわせる。

「妹はパンが好きでね。自分でも作るようになって。一度は会社に就職したんだが、やっぱり好きなことをして生きたいってね。退職してパン屋に勤めていたんだ」

『ノエル赤坂』という名前らしい。東京の中心地にあるけっこう有名な店だ。

「あ、私もそこのパン、食べたことあります」

そう言うと、稲森の表情がゆるんだ。

「妹の焼くパンは本当にうまかった。みんなに美味《おい》しいって喜んでもらえるのが、何よりうれしいって。心の優しい、自慢の妹だった」

有依子のことを語る稲森は、優しい顔だった。怒っているときは思わなかったが、目鼻立ちが妹と似ているかもしれない。

「大事にしてくれている奴もいたんだ。親父は事件の後、後悔していたよ。結婚を反対なんかするんじゃなかったって」

「………」

「有依子には幸せになって欲しかった。すべてを奪っていった川島が憎い。あいつが死んでもその気持ちは変わらない。ただむなしいだけだ」

稲森は大きく首を横に振ると、庭の方を向く。

小さな庭には、名も知らぬ花が色とりどりに咲いていた。


帰る途中、稲森有依子が働いていたというパン屋に立ち寄った。

師団坂ビルから東京地裁に行く途中にある。目立たない小さな店だが、隠れた名店で長年愛されている。父もここのパンが好きだと言っていたし、梅津や杉村もよく利用している。法曹関係者御用達《ごようたし》のような感じだ。

三十年近く前になるが、被害者の稲森有依子はここで働いていたわけで、彼女のことを覚えている人がいるかもしれない。ドアを開けると、パンのいい匂いがする。若い女性が焼き上がったばかりのクロワッサンを並べていた。

「こんにちは」

「はい、いらっしゃい」

芽依は散々迷ったあげく、クロワッサンとシナモンロールをトレイにのせて、レジへと進んだ。会計を済ませると、思い切って訊ねる。

「少しお聞きしたいんです」

「はい？」

「ここで働いていた稲森有依子さんってご存じでしょうか」

「稲森さん？　ううん」

三十年近くも前だと言うと、店員は呆《あき》れたように苦笑いした。

「ごめんなさい。私は最近、働きはじめたばかりなんですよ。店長だったらわかるんじゃないかしら」

しばらくして、奥の方から頬がこけた寝惚けまなこの男性がやって来た。

店長は藤谷《ふじたに》正幸《まさゆき》といい、創業当時からこのパン屋で働いているという。稲森有也と同じくらいの年に見える。

「はじめまして」

「はい、何ですか」

「弁護士の佐伯と申します。稲森有依子さんのこと、ご存じですか」

返事はすぐに来なかった。

「まあね。あの頃もいろんな人が来て、よく聞かれたものだった。彼女が亡くなってもう三十年近くになるのか」

「どんな人でしたか」

「明るくて一生懸命で素敵な人だったよ。私は他の有名店で修業してからここに来たのに、彼女の作るパンの方がうまいんだよ。まあ、愛情込めて一つ一つ作るから、味も違ったんだろうな」

懐かしみながら、藤谷は話していった。

「私は守ってやることが、できなかった」

藤谷の目は潤んでいた。芽依は彼の横顔を眺めつつ、稲森の言葉を思い出す。大事にしてくれている奴もいた……有依子の恋人とはこの藤谷のことではないのか。

少し間をあけてから、芽依は問いかけた。

「彼女を殺した犯人ですが、最近になって殺されたんです。それについてどう思いますか」

「自業自得だろう」

即答だった。

「何で殺されたのか知らんが、あんないい子を殺しておいてのうのうと暮らしているなんて赦されないだろう。もういいかな」

藤谷は涙をふきつつ、店の奥へ消えていった。

有依子の恋人は藤谷だったのだろうか。だが仮にそうだとしても、もう三十年近く経っている。今ごろになって川島に手紙を送り、殺したなどとは考えにくい。それに川島の住所など、知りえるはずもない。

芽依は公園のベンチに腰かけて、買ったばかりのクロワッサンを一口かじった。

4

早めに仕事を終えて、久々に自宅へ戻った。

レンジで牛乳を温めると、食べ残しのパンをもそもそとたいらげた。この後いつもならさっさとお風呂《ふろ》に入って寝るのだが、二階に上がり父の書斎に足を踏み入れた。

この部屋に入るのは、父が亡くなってから初めてかもしれない。

雑然としているが、父は何がどこにあるかちゃんと把握していた。そういうところは鷹野とよく似ている。机の上にはまだ小さい芽依を抱っこして微笑む父の写真が飾ってあった。

子どもの頃、よくこっそりとこの書斎に入っていた。

法律の本とかはまるでわからなかったが、父の机のひき出しを開けると、たくさんの手紙が入っていたことを覚えている。そこに書き連ねられていたのは感謝の気持ちだ。弁護していただいてありがとうございます。おかげで人生をやり直すことができました。読めない漢字もたくさんあったが、なんとなく意味はわかった。そのたくさんの手紙に目を輝かせながら、弁護士へのあこがれを膨らませていったのだ。

「手紙……か」

芽依は原から預かった手紙をとり出す。同じ手紙でもこちらは激しい怒りにあふれている。送り主は誰なのだろう。その人物が怒りに身を任せ、川島を殺したと考えるのはおかしいだろうか。兵藤の無実を示す証拠も見つからないまま、公判の日が迫っている。

——お父さん、私、どうすればいいのかな？

しかし父から返事はない。

本当は気づいている。私が事務所で寝泊まりするようになったのは、忙しくて家へ帰るのが面倒だからじゃない。がらんとした家に一人でいるのがさみしいからだ。せめてもう少し、自分が弁護士として独り立ちできるようになるまで生きていて欲しかった。今回の仕事も父がいたら何かヒントをくれたかもしれない。ついそんなことを考えてしまうが、私だって少しは成長しているはず。できる限りのことを全力でやるだけだ。

翌日、芽依は別件で裁判所にいた。

兵藤を無罪弁護していく道筋はいまだに立たない。ただ検察側も決定的と言えるほどの証拠は持ち合わせていないようだ。何とかならないか。

「佐伯先生」

声をかけられて、振り向く。ひどく痩《や》せた男。公判検事の一ノ瀬眞人だ。

「はい？　どうかされましたか」

「お忙しいところ、おひきとめして申しわけありません。ただ少し気になることがありまして」

一ノ瀬はこんな若輩者相手でも腰が低い。仮面でもかぶっているのかというほど無表情だが、こちらの心中を全て見抜かれているようで恐ろしい。いや、相手も人間だ。さすがにこちらの手を全て見通しているわけではあるまい。原から預かった手紙など、一ノ瀬も絶対に知らないことだ。アドバンテージはある。

「気になること？　何ですか」

気おされないように視線に力を込めると、一ノ瀬は微笑んだ。

「検察官としてこんなことを言うのはどうかと思うんですが……どうもこの事件、我々は単純じゃないなと思い始めているんです。被害者は出所後、これといったトラブルもなく過ごしてきたようですし」

思いがけない言葉だった。本気なのだろうか。

「佐伯先生は無罪弁護していくつもりだとか。その根拠があれば、お教えいただけないでしょうか」

「だったらそちらから手の内をさらすのが筋だと思いますが」

「はは、そうですね。失礼しました。兵藤が凶器を手にしていたという目撃証言はどうも怪しいんです。証人としては使えないと思い始めています。決定的な証拠はないと言っていいかもしれないんです」

芽依は無言のまま、その瞳を見上げた。

どういうつもりだ。本当に手の内をさらすとは。

一瞬、手紙のことを話そうかという気になった。だがそんなことをしても、こちらにとってメリットはない。一ノ瀬の真意がわからない以上、黙っておくべきだ。

「だったらすぐに起訴取り消しにして釈放してください」

強く言うと、一ノ瀬は微笑みながらそうですねと言った。

「犯人が兵藤ではないと判断すればそうします。私が求めるのは真実だけですから」

それではと言って、一ノ瀬は去っていった。

これからどうなるのだろうか。

目撃証言が弱いと一ノ瀬はあっさり認めた。もしかすると本当に起訴を取り消す気かもしれない。いや、油断するなと芽依は必死で自分に言いきかせた。

裁判所を出てタクシーを拾う。

後部座席で手紙を読み返す。

そこにあるのは川島への強烈な憎悪だ。自分の身を犠牲にしてでも地獄に突き落としたいというこの上ない怒りがある。

川島を殺したのが兵藤でないなら、一番怪しいのはこの手紙の送り主だ。

荻窪で降りてもう一度、稲森のアパートへと向かった。

呼び鈴を鳴らすが不在だ。

いてもたってもいられずに急に来てしまったが、しばらく待っていれば会えるだろうか。うまく探りを入れることはできないか。

裏側に回りこみ、駐車場から柵《さく》の向こうの庭を見た。一〇五号室の稲森の部屋の庭だけ相変わらずきれいに手入れされていて、たくさんの花が咲いている。花が好きと言っても、人間何をするかわからないものだ。そんなことを考えながら、ぼんやりと眺めていた。

「あなた、何やってるの？」

呼びかけられてびくっとなった。

ゆっくりそちらを見ると、一〇四号室の住人が布団たたきを手に立っていた。

「稲森さんとどういうご関係？」

「あ、いえ、何と言いますか」

身分を明かして、怪しい者ではないとアピールした。

「ええ？　弁護士さんなの」

女性は大きな声を上げた。

「ドラマみたいね」

勝手に興奮している。こうなってしまったら仕方ない。せっかくだから稲森有也について少しくらい聞いてみよう。

「稲森さんはお隣さんから見て、どんな方でしょうか」

女性はそうねえと考えこんだ。

「会ったら挨拶《あいさつ》くらいはするけど、いつもとても静かで、部屋にいるのかいないのかわからないくらい」

「気になることとかありますか」

ううんと言ってから、女性は庭の方に目をやった。

「そう言えばいつも静かなんだけど、変だった時もあったわ。夜中に外から音がするから、起きちゃって。カーテン開けて見てみたら、隣の人、お庭いじっていたのよ。もう午前一時くらいだったのに。暗くてよく見えなかったんだけど、おかしくない？」

「何度かあったんですか」

「いえ、そのとき一度きりよ」

確かに真夜中に庭いじりをするなんておかしな行動だ。少し気になる。

「あの、日にちはわかりますか」

「日にち？」

「そうです。稲森さんが夜中に庭をいじっていたという日にちです」

「ううん、だいぶ前だから、どうかな。ああ、わかるかも」

ちょっと待ってと言って、女性はカレンダーを見に行った。

「わかったわ。二月六日の晩よ。結婚記念日に夜ごはん食べに行ったから間違いないわ」

芽依はまばたきを忘れた。二月六日。それはまさに川島が殺された晩だ。この符合、どういうことだ。ただの偶然だろうか。いや……。

芽依は柵に身をのり出して、稲森の庭をじっと見つめる。よく観察すると、隣の庭との境目付近だけ雑草がない。

「何なの？」

「あ、いえ、よく見るとそこだけ掘り返したようだなって」

「ああ、確かにそうねえ。なあに。そこに何かあるってわけ？」

女性は手にしていた布団たたきをスコップに持ち替える。柵を乗り越え、その部分を掘り始めた。

「あの、それはまずいんじゃ」

「いいわよ。草がこっちまで伸びてきて邪魔だったっていいわけすれば。後で土をかけておけばわかんないでしょ」

なんて無茶をするんだろう。だが喜び勇んでいる彼女を芽依に止められるわけはなく、冷や汗をかきながら作業を見つめていた。

「おかしいわねえ。確かに掘り返してある。死んだ金魚でも埋めたのかしら」

出てきたらやだわと言いつつも、女性は掘るのをやめなかった。

確かに飼っている金魚が死んだら夜中に埋めてもおかしくはない。いや、明るくなるまで待つのが普通じゃないか。ああ、でも死んだ金魚を放置するのは確かに嫌かも……

おかしな思考にはまっているうちに、車の停まる音が聞こえた。

はっとして見ると、駐車場から稲森がやって来る。いけない。

「奥さん、稲森さんが来ました！　見つかりますよ」

「ちょっと待って、何かあるの」

稲森がこちらに気づき、足早に向かって来た。

何をやっている。その口が開きかけたとき、女性が大声を上げた。

「ちょっと、なにこれ！」

女性は透明な袋に入った何かを土の中から取り上げた。

芽依は口元に手を当てる。稲森は口を開いたまま、固まった。

布にくるまれて入っていたのは、刃先が赤黒く変色した包丁だった。

5

いまだに興奮が冷めない。

ルーム1には杉村と梅津の姿があった。

芽依は包丁を見つけた経緯について二人に話す。

「何すか、そのおばちゃん」

「コントかよ」

杉村と梅津は包丁の発見に驚くより先に、発見者の女性の行動に噴き出していた。ありえないよと予想以上にうけている。

考えてみれば仮にあそこに何かが埋まっているという確信があっても、弁護士が勝手に掘り返すことはできない。あの女性の無茶がなければ、包丁は発見できなかった。そういう意味では彼女に感謝だ。

「それで何だ。その包丁、警察に鑑定してもらってるのか」

梅津の問いに芽依はうなずく。

「はい」

稲森自身も警察に事情聴取を受けている。あの包丁が川島が殺された事件に関係あるのかどうかわからないが、今は結果を待つしかない。

「でもあれが問題の凶器だとして、自宅の庭に埋めたりしますかね」

芽依が疑問を投げかけると、杉村はそうですねと応じた。

「可能性はあるんじゃないかな。例えば山中に埋めておいた凶器が、急な森林開発かなんかで掘り返されて見つかるかもしれない。不安だから手元に置いておきたいって心理はわかるよ」

「まあな、けど刺身包丁を庭に捨てたってオチかもしれんぞ」

「あるある……って、それはないでしょ、普通は」

梅津の言葉に杉村が突っ込んだ時、スマホに着信があった。

登録されていない番号だ。誰だろう。かまわずに出た。

「もしもし」

名乗らずに出た。

「ああ、佐伯先生の携帯ですか」

「はい」

「東京地検の一ノ瀬です。少しお時間よろしいですか」

「あ、はい」

「例の包丁ですが鑑定結果が出たそうです」

芽依はごくりとつばを飲み込む。

「付着していた血液のＤＮＡ型は間違いなく、川島さんのものでした」

芽依は大きく目を開けた。

「本当ですか」

「ええ、嘘はつきません」

あまりの展開の早さに言葉が出なかった。

やはり川島を殺した凶器に間違いなかったのだ。

これで決まりだ。稲森もさすがに罪を認めざるを得ないだろう。やはり兵藤は無実だった。これで完全に救い出すことができる。

「あなたにお礼が言いたくて、お電話させていただきました」

こうしてわざわざ礼を言われるなんて一ノ瀬のことを誤解していたのかもしれない。

「では起訴取り消しで兵藤さんは釈放になるんですね」

求めるのは真実だけ、という彼の言葉は本当だったのだ。

「いえ、おかげで確証を得ることができました。兵藤は有罪であると」

目の前が白くなった。どういう意味だ。まったくわからない。

「一ノ瀬検事、さっきおっしゃったじゃないですか。あれは川島さんを殺した凶器だと。だったら稲森さんが犯人なんでしょう」

「そうではありません」

「え、どういう意味ですか」

「侵入者の仕業だったんです」

声が出なかった。心の中で侵入者という言葉をくり返す。

「稲森さん宅の庭の向こうは駐車場です。そこは駐車違反取り締まりのため、防犯カメラが設置されています。確認させてもらったところ、事件の日の午前一時頃、袋を手に塀の方へ向かっていく男が映っていました」

スマホを握る手が小刻みに震えている。

「顔も確認できました。間違いなく兵藤です」

希望の糸を断ち切るような一言だった。

「つまり兵藤は自分の罪を逃れるため、稲森さんに罪を着せようとしたんですよ」

「…………」

「稲森さんが妹さんを殺されて、川島さんのことを恨んでいた。その気持ちを何かで知って利用しようとしたんでしょう。赦しがたい行為です。ただ……これでさらに罪を重く問えます。ああ、稲森さんのことは全く疑っていませんでしたよ。その夜は出張で九州にいてアリバイがありますから。そういうわけで、ありがとうございました」

通話は切れていた。

杉村と梅津がどうしたのか、と心配そうにこちらを見ている。

信じられない。兵藤はあれだけはっきり言ったではないか。自分は命にかけてもやっていない。無実だと。

「私は兵藤さんを信じる」

「おい、芽依ちゃん」

　呼びかけに振り返ることなく芽依はルーム1を飛び出した。


　遅い時間ではあったが、接見するために警察を訪れた。

　姿を現した兵藤は、不審そうな顔でこちらを向く。

「こんな時間に何かあったんですか」

「兵藤さん、どういうことです？」

「はい？」

「あなたは無実なんですよね？　間違いないんですよね」

「ええ、そうです」

　芽依はこれまでの経緯について説明していく。

「稲森さんのアパートの庭から、川島さんを殺した凶器と思われる包丁が出てきました」

「本当ですか？」

　兵藤は興奮気味に目を大きく開けた。

「やっぱり遺族が犯人だったんだ」

　だから言っただろとばかりに兵藤は微笑んでいた。

「でもそれを庭に埋めたのは稲森さんじゃなかったんです」

「え……」

一瞬で兵藤の笑みが凍りついた。

「その夜、包丁らしきものを持っている兵藤さんの姿が駐車場のカメラに映っていたと一ノ瀬検事が言っていました。兵藤さん、どういうことか説明してください」

芽依が乗り出すように顔を近づける。返事はなかった。

「兵藤さん、あなたは無実なんでしょう？　だったら説明してください」

せっつくが兵藤は目をそらして答えなかった。

自分でもわかっている。ここまで積み重ねられた事実はたった一つの答えを示している。だが本人の口から聞くまでは、どうしても信じられなかった。

しばらくして兵藤は口元に笑みを浮かべた。

「いい作戦だと思ったんだけどな」

兵藤は観念したようにため息をついた。

「どういう意味ですか」

「わかるだろ？　俺が川島を殺したんだよ」

初めて聞かされる自白だった。

「あいつは殺人者のくせして金をため込んでいた。それなのに俺に貸すのを渋った。だから殺して奪ってやろうと思ったのさ」

言葉が頭の中をすり抜けていく。芽依は呆然《ぼうぜん》としながら、その意味を理解しようとするので精いっぱいだった。川島がためていた金は遺族へのせめてものお詫びだったはず。

それを兵藤は奪おうとしたのか。

　くそ！　と兵藤は膝《ひざ》を叩《たた》いた。

　その顔は別人のように凶悪なものだった。

「どうして弁護人である私にも嘘をついたんですか」

「馬鹿か！　お前」

　怒鳴り声に芽依は固まった。

「黙って俺の計画通りに動いていりゃいいものを。お前のせいで全部ぶち壊しだ！　どうしてくれるんだよ！」

　何ということだろう。手紙の主を探したのも、手のひらの上で踊らされているだけだったのか。そんなこととは知らず、私は必死でこんな男のために無実を証明しようとしていた。何て愚かだったんだ。

　芽依はうつむいたまま、こぶしを握り締めていた。
気を抜くと涙がこぼれそうで、必死に唇を噛みしめた。

「おい、聞いてるか」

　兵藤の声に、芽依は顔を上げる。

「お前、弁護士だろ」

「……はい」

「こうなったら無罪にしろとは言わない。演技でも何でもしてやるから、できる限り罪を軽くしろ。いいな」

「…………」

「今度こそ被告人のために働け！」

兵藤は怒鳴った。

怖い。今、芽依の中にはこの男への恐怖しかなかった。騙《だま》されていたことへのショックもあったが、それよりはるかに恐れが強い。身勝手な理由で簡単に人を殺す。そんな人間と向きあわなければならない仕事なのだと今さらながらわかった。

これが刑事弁護の現実。たとえ目の前できれいごとを並べていても、ほとんどの依頼人はこの兵藤と大差ないのかもしれない。

6

透明な遮蔽板の向こうに、見覚えのある顔がある。

「本当に何やってるんですか」

「ごめんなさい」

前に会ってから、半年も経っていない。

橋本大和。彼の罪名は以前と同じ窃盗罪。今度は時計をくすねたそうだ。前回は初犯でもありなんとか不起訴で終わらせることができたが、今度はそういきそうにない。

「もう二度とこんなことはしないって、あんなに言ってましたよね」

「すみません」

万引きを再び犯すことがないように、両親が充分すぎるほど金を与えて、欲しい物は何でも買い与えたのだと聞いた。それなのにまたこんなことをやってしまった。

「もうしません。だから今度だけは助けてください」

以前も聞いたようなセリフに、ため息をつきたい思いだ。

「橋本さん、わかってますか。こうなったのはあなたの心が弱いからですよ」

「わかってます。強くしていきます」

正直、わかっているようには思えない。裏切られた気分で悔しさが抑えられず、橋本のことを必要以上になじってしまった。

警察を出ると、全身から力が抜けていた。近頃何をやってもうまくいかない。

既に外は暗い。ふらつくようにタクシーに乗りこみ、師団坂法律事務所に戻る。しばらく事務仕事をしていたが、やがて力なくうつむいた。

あれからどうしても兵藤への恐怖がぬぐえず、梅津に接見を代わってもらった。

兵藤の話によると、すべてを稲森有也のせいにする計画だったという。兵藤は川島が殺人者であることは前々から知っていた。魚拓を見せてもらいに部屋へ行ったとき、金をくすねようとしてあの手紙を見つけたからだ。それ以降、家を訪れるたびにこっそり物色していた。

川島を殺した後、兵藤は稲森のせいにするため、手紙をこれ見よがしにテーブルの上に置いた。また川島が書きとめたメモがあったから、稲森が住んでいるアパートの場所は知っていた。だから犯行後、すぐに凶器の包丁を埋めに行ったらしい。それを隣の住民は稲森が庭いじりしていると勘違いしてしまったのだ。

「大丈夫？」

杉村が声をかけてきた。返事をする力もない。

「さっき鷹野さんが戻って来たよ。佐伯さんに話があるって」

「わかりました。すぐ行きます」

シニア・パートナールームをノックする。入れと言うので扉を開けると、鷹野は座ったまま椅子を回転させた。すでに今回のことは、鷹野の耳にも入っているだろう。

「俺の見込み違いだった」

重い一言だった。私にこの仕事を任せてくれたのは鷹野だ。自分はその期待にこたえられず、途中で逃げ出してしまった。

「すみません」

未熟ながらも一生懸命にやろうとした。だがもう自分に自信がもてない。兵藤にまんまとのせられて稲森を疑ってしまった罪悪感もある。だがそれ以上に、兵藤という凶悪な人間の本性に気づけなかったショックで、彼と向きあうことが怖くてたまらないのだ。

芽依は黙って顔を上げる。

「使えない弁護士はいらない」

鷹野は厳しい表情でそう言い放った。

予想はしていた。芽依は頭を下げると、慌ててシニア・パートナールームを出た。桐生と梅津、杉村が心配そうにこちらを見つめている。事務員たちも同じような表情だ。

「佐伯さん」

杉村が言いかけたが、芽依は駆けだした。励ましなどいらない。エレベーターに乗りこんで下へ向かう。

東京の夜景を見下ろしながら、涙をこらえた。

リストラの宣告をされたが、鷹野に恨みはない。思い返してみれば以前、鷹野は私などよりずっと優秀な弁護士たちを「切除」した。私などきっと佐伯真樹夫の娘という理由だけで仕方なくここに置いてもらっていただけなのだ。

師団坂法律事務所にはルーム1以外にも優秀な弁護士は多いし、私の代わりなんていくらでもいる。父の後を継ごうだなんてうぬぼれ過ぎていたのだ。本当は弁護士に向いていないのに、ずっと無理をしていたのかもしれない。

電車に揺られて自宅へと向かう。

駅から出ると、とぼとぼと歩く。坂道の途中、立ち止まる。吸い寄せられるように教会の入り口へやって来た。

弁護士になると決めたとき、父は喜びも悲しみもしなかった。私の選んだ道に、ああだこうだということはしなかった。

「お父さん……」

どうしてこんなに早く死んでしまったの。自分は所詮《しょせん》、父のようにはなれない。そんなことはわかっている。だが少しでも近づければ、その背が見えるところまででいいから側に行ければと思っていた。だがそんなことは幻想だった。

芽依はひざまずき、目を固くつむる。

冷たい空気の中、静けさに包まれていると、ざわついていた心が次第に落ち着いていった。私の進むべき道はどこにあるのだろう。

扉の開く音がした。

静子だろうか。そっと目を開けて振り返ると、そこにいたのは鷹野だった。

彼とは前にもここで偶然、居合わせたことがあった。

「少し話がある」

まさかとは思うが、後を追って来たのだろうか。

芽依は立ち上がって鷹野と向きあう。

「……私もお話があります」

鷹野は口を閉ざし、こちらを見つめ返す。言葉を待ってくれているようだ。芽依は息を吸い込み、一気に吐き出した。

「私、決心がつきました。鷹野さんのおっしゃるとおりだと思います。だから……辞めます」

口にしてしまうと、胸のつかえが一気に取れていくようだった。

「師団坂法律事務所から出て行くのか」

「いえ、事務所だけでなく、弁護士も辞めます」

引き止めて欲しいなんて思っていない。むしろ鷹野には感謝しているのだ。弁護士に向いていないことをはっきり教えてくれたのだから。

「そうか、好きにしろ」

「はい」

「ただ一つだけ誤解を解いておきたい」

芽依は誤解？　とくり返した。

「そうだ。お前は兵藤の件で責められたと思っているんじゃないのか」

「え、違うんですか」

「ああ、そうじゃない」

芽依は目を瞬かせる。

「弁護士だって一人の人間だ。うまくいかずに落ちこむことは誰だってある。依頼人と弁護士とはいえ人間同士、相性もあることだ。すべてを自分のせいだと思い悩む必要はない。兵藤の件はお前なりに一生懸命やったのだろう。それを責める気はない」

「えっ、じゃあどうして」

鷹野のまなざしが厳しくなった。

「窃盗の再犯で逮捕された橋本大和の件だ。お前は彼に同じあやまちを何度もくり返させるつもりなのか」

思いもしない一言だった。

「彼はクレプトマニアだ」

クレプトマニア……窃盗症？　芽依ははっとして口元に手を当てた。

「橋本に必要なのは刑罰ではなく、治療だ。俺が元医師だから気づいたわけじゃない。彼のことを理解しようとする気持ちがあるなら、お前にも簡単にわかったことだ。もちろん、だからと言って彼に罪がないわけじゃないがな」

芽依は言葉を失っていた。

「責めるだけでは、彼はまた同じことをくり返す。治療につなげて救えるチャンスをつぶすような弁護士はいらない」

そこまで言うと、鷹野は面倒くさそうに、ポケットに手をつっこんだ。

「人の話は最後まで聞け。お前は本当にばかだ」

鷹野が差し出したのはあの手紙だった。

兵藤の接見を代わってもらう際に、梅津へ渡したものだ。鷹野の手元に渡っていたのか。

「この手紙の送り主が本当にわからなかったのか」

「稲森さんじゃないんですか」

「よく見てみろ。お前ならわかる」

私ならわかるというのはどういうことだろう。鷹野にうながされるまま、芽依は半信半疑で手紙を広げる。これまで何度も目にしているし、今さら何かわかるはずがない。

だがふと〝有依子〟という文字を見たとき、全身に電流が駆け抜けた。

私の名前にもある〝依〟という一文字。その漢字の右はらいの書き方に特徴がある。

これって……。

「あ、ああ！」

こんなことがあり得るのか。これまで生きてきて一番の衝撃が全身をつらぬいている。目の前が真っ白になって何も見えない。立っているのもできないほどだ。

ようやく視界が色を取り戻し、芽依は顔を上げた。

まだ小さい子どもの頃、持ち物や教科書に名前を書いてもらった。見覚えのあるその字。芽依は口元を手で覆った。余震のような震えがある。

父だ。父の字だ。

今まで書かれている内容ばかりに気を取られていて気づかなかった。何てことだろう。この手紙は、父が川島に宛てて送ったものだったのだ。

ふと、時が止まった。

この手紙にあるのは愛する人を奪われた怒りと悲しみ。それじゃあ、稲森有依子という女性はひょっとして……。

鷹野はうなずくこともなく、黙ってこちらを見ていた。

「佐伯真樹夫はこう考えた。川島が薬物所持で初めて捕まった際、依存症であると判断し、適切な治療を受けさせることができていたらどうなっていたかと」

そうか、犯罪行為がエスカレートしていくことなく、きっと稲森有依子は死なずにすんだ。

だからこそ父は治療的司法に心血を注いでいたのか。依存症のように精神的な病理を持っている場合だけじゃない。どんな事件でも本質を見極めて適切な弁護をしていくことが、時に大きな事件を食い止めることがあるんだ。

頰を涙がとめどなく伝って床を濡《ぬ》らした。

父も鷹野と同じように派手な事件で脚光を浴びた。だが小さな事件を決してゆるがせにはしなかった。派手な事件の何十倍、何百倍と父は戦ってきた。父の目指していたものが今、はっきりと理解できた。

「どうする？　このまま辞めるか」

鷹野の言葉に芽依は顔を上げる。心は決まった。

大きく首を横に振った。

「やらせてください！　私にもう一度、チャンスをください」

鷹野は穏やかな優しい顔を向けると、教会を出ていった。

芽依はゆっくりと扉を開けて外へ踏み出す。

夜空を見上げ、父の手紙を強く胸に抱きしめた。

7

時が流れ、東京地裁で兵藤の公判が行われた。

鷹野は傍聴席に腰かける。

兵藤は無罪の主張を撤回。犯行を認めているので、問題は量刑だけだった。争いがなく裁判は一日で結審した。

「主文、被告人を懲役三十年に処する」

文句のつけようのない有罪判決だった。

一ノ瀬は涼しい顔で帰っていく。

鷹野は廊下に出てきた芽依に向かって、ささやくように声をかけた。

「よく頑張ったな」

芽依は泣き笑いのような顔をする。

「やめてください。今、優しい言葉をかけられると、泣けてきちゃうじゃないですか」

一度下を向くと、芽依は鷹野の顔を真っすぐに見た。

「できる限りのことはやれたと思います」

芽依は明らかに成長した。それは弁論技術がどうとかそういう小手先のものではない。もっとも重要な心の面においてだ。彼女はきっといい弁護士になる。

「今から事務所に戻るか」

「いえ、別の接見がありますから」

芽依とは地裁で別れ、鷹野はタクシーを拾った。

久美子を失ってからの、十五年の月日がよみがえる。あの絶望のどん底から救い出してくれたのは芽依の父、佐伯真樹夫だった。

弁護士になれ。

その一言が、自分の進むべき道を照らしてくれた。

佐伯は俺のことをどう思っていたのだろう。自分と同じように恋人を殺された俺を憐《あわ》れみ、治療的司法の志を共にしようと考えたのだろうか。弁護士になることを決めたのは、そんな崇高な理由ではない。久美子を殺した人間が赦せなかったからだ。そいつを見つけ出せる手っ取り早い方法が弁護士になることだった。

木村秀幸。

あいつが本当に久美子を殺したのかどうか、まだわからない。思わせぶりで一筋縄ではいかず、つかみかかりたい気持ちを抑えながら接見している。

ルーム1に向かうと、事務員がやって来た。

「ああ、鷹野さん、手紙が来てますよ」

受けとるが、封筒には差出人の名前がない。透かして見ると、薄い紙きれが一枚入っているだけのようだ。

シニア・パートナールームに入ると、ハサミで丁寧に開封した。

便箋《びんせん》には几帳面《きちょうめん》そうな手書きの文字が並んでいた。

――突然のお便り失礼します。

鷹野先生、あなたにどうしても伝えたいことがあるのです。私は雨宮久美子さんを殺した犯人を知っています。その人物は安倍川事件の犯人でもあります。赦すことのできない極悪人。私を信じ、お会いくださるなら、その人物のこと、この二十六年のすべてを洗いざらいお話しいたします。

最後に記された差出人の名前まで見ると、鷹野はしばらく瞬きを忘れていた。

思いもしない手紙。

どれくらいの時間が流れただろう。

ふと気づいたように入り口の扉に鍵《かぎ》をかけて、再び手紙に視線を落とした。

一体誰が真犯人だというのだ。木村秀幸なのか、それともまるで別の人物？　わからない。
あるいはこれは罠《わな》か。
もし仮にそうだとしても無視できるか。いや、そんなことできるはずがない。
鷹野は手紙を机の引き出しにしまう。
行こう。こいつに会って、直接話を聞くしかない。

第五話　正義の心臓

1

珍しく早起きしたので、ラッシュ前の電車に乗ることができた。

芽依は窓ガラスに映る自分を見て、寝ぐせをささっと直す。

最近は事務所に泊まることより、自宅へ帰ることの方が多くなった。父のいない家にもいつの間にやら慣れてきたようだ。

ひんやりした朝の空気を吸いながら、悠々と師団坂ビルに到着。広いフロアを抜けてエレベーターで二十二階へ向かった。

うん、たまには早朝出勤もいいかもしれない。

ルーム1の広いオフィスにはまだ誰もいなかった。

今日は杉村と一緒に接見に行く予定だ。被告人の名前は南野一翔《みなみのかずと》。年齢は三十九歳。容疑は認めていて誘拐殺人と死体遺棄。被害者はまだ小さい女の子だ。はっきり言って依頼人に対して嫌悪感がある。だが仕事は仕事。割り切ってどんな依頼人でも弁護できるようになりたい。そんな思いから杉村に同行させてもらうことになったのだ。

シニア・パートナールームのドアが開いた。

鷹野だ。いたのか。

「おはようございます」

だが鷹野は何も言わず、通りすぎていった。芽依のことなどまるで目に入っていないようだ。どうしたんだろう。

もともとわけのわからない人だが、最近は特にそうだ。今も変だったし、以前より痩《や》せたように思える。どこか具合でも悪いのだろうか。あるいは深く思い悩んでいるのか。

鷹野の心の内に一人の女性がいることは知っている。

雨宮久美子。

十五年前に殺害された弁護士だ。きっと彼女と鷹野は恋人関係だったのだ。愛する女性を奪われた鷹野は私の父の姿と重なる。似たような境遇だからと比べられるものではないが、鷹野はさらに犯人として疑われたのだ。どれほどの痛みを味わってきたことだろう。

入り口の扉が開いた。

「ようし！　一番乗り……じゃなかった」

杉村は高くつき出した拳《こぶし》を恥ずかしそうにしまった。

「おはようございます。朝から元気いっぱいですね」

「前の休みに、ひさびさに異国の地を踏みしめてきたんで、気力がみなぎっているんだよ」

「え、そうなんですか」

「ドラゴンを駆って帝国を攻めにね」

ゲームの話だった。また騙《だま》されたか。芽依の反応を見て杉村は面白そうに笑っている。

「それより今日の接見、よろしくお願いします。仕事モードに切り替えてくださいね」

「わかった、わかった」

コーヒーを淹《い》れて買ってきたマフィンを頬張りつつ、二人は簡単に打ち合わせをする。

電車に乗ると、東京拘置所に向かった。

杉村から聞いた事件の概要を、資料でふり返りながら頭に入れる。一年前、被告人である南野はわいせつ目的で被害者の少女、山下椿《やましたつばき》を誘拐して自宅に連れ込んだ。しかし逃げ出されたため、後を追いかけていき、自宅近くの空き地において首を絞めて殺した。そして遺体を自殺したように見せかけるために木に吊《つ》るした。

「酷《ひど》い事件だけど、南野さんは罪を認めている。警察の取り調べに対しても素直に応じていて、反省もしているんだよ」

「争点は量刑ということですね」

殺した人数が一人の場合、死刑はまずない。

だが誘拐事件は別だ。これまでにも多くのケースで死刑判決が出ている。特にこの事件の場合、幼い少女を誘拐し、殺した後で自殺に見せかけるなど、生命軽視もはなはだしい。さらったのはわいせつ目的だったし、逃げられたので仕方なく殺し、自殺に見せかけたのは罪を逃れようとしたからだと認めている。目撃情報もあって、冤罪《えんざい》の可能性はゼロだ。問題は死刑か無期か。量刑の一点に絞られる。

杉村はこれまでに何度も南野に会っているが、芽依は初対面だ。どんな人物かじっくり見極めたい。

話しているうちに拘置所に着いた。

弁護士バッジを見せて専用入り口から入る。時間が早かったおかげか、ほとんど待つことなく接見室に通された。杉村と芽依は椅子に腰かける。

やがて遮蔽板《しゃへいばん》の向こうに、一人の男が姿を見せた。

南野一翔は椅子に腰かける。

若い。

第一印象はその一言に尽きる。短く刈り込まれた髪。丸顔でくりっとした目、小さな口、今年で三十九歳という実年齢からかけ離れた外見だ。

杉村に紹介され、芽依は頭を下げて簡単に自己紹介した。

「今まで聞かれた質問と重複するかと思いますが、確認する意味もありますので、どうぞよろしくお願いします」

南野ははいとうなずいた。

「椿ちゃんを誘拐する前から、狙っていたんですか」

「いいえ。たまたま公園で見かけて、この子がいいって」

「最初から殺すつもりだったんですか」

杉村の問いに南野は首を横に振った。

「いいえ。用がすんだらどこかで解放するつもりでした。でも逃げ出されたので仕方なかったんです」

「殺人に計画性はなかったということですね」

南野はおどおどしながら、はいとうなずいた。

「南野さん、殺人に計画性がない場合、死刑にはなりにくいです。ですが油断はできません。殺害されたのが一人の誘拐殺人事件で、計画性はないとされつつも、裁判員裁判において死刑判決が出たケースがあるんです」

「………」

「ですから情状弁護が重要になります」

南野は黙ってうなずく。

「酷いことして、すみません」

南野は芽依に謝っていた。

謝罪する相手は私ではないだろうとも思うが、黙っておいた。

「では南野さん、あなたの生い立ちを詳しく聞かせていただけますか」

南野はどうしたのか、体を硬直させながら、左手の上に右手を重ねた。

指先が小刻みに震えている。

「父と母は僕が中学の時に離婚しました」

「その理由をご存じですか」

「暴力です。僕も母も父から暴力をふるわれていました」

南野は左手をさすりながら、ぽつぽつと語りはじめる。

「父の暴力はエスカレートして。刃物を首に突きつけられたことだってあります。あのまま一緒に暮らしていたら、殺されていたと思います」

南野は複雑な家庭環境で育ったようだ。

だがそれが犯罪を肯定する理由になるはずもない。芽依はわずかながらの同情を覚えつつも、冷静に耳を傾けた。

しばらく話し、南野の言葉が尽きたとき、芽依は訊《たず》ねた。

「左手、どうかされたんですか」

眉毛《まゆげ》をへの字にしながら、南野は視線をそらした。

「あ、いえ、言いにくいことなら結構です」

少し気になったが、癖なのかもしれない。

「僕はもう不安で……」

南野は泣き出しそうな顔だった。

「検事はきっと、あなたの悪性格を立証しようとしてきます」

「どうすればいいんですか」

「南野さん、どれだけ気に障ることを言われても、怒らないでください」

芽依が言った。ただ言うは優しいが、簡単ではないかもしれない。

「被告人質問ってのがあるんでしょう？　検事の質問に、答えないといけないんですか」

「ええ、答えてください」

「弁護側の質問なら答えられますけど、検事のだと怖くて怖くて……」

南野は目をそらし、首をひねった。

「実は以前、万引きで補導されかけたことがあったんです。お金はあったんですが、アダルト雑誌をレジに持って行けなくてつい……ただ逮捕とかそんなのはなかったんですが、もしそのことを検事に言われたらと思うと怖くて。これって裁判で不利になりませんか」

「なりませんよ」

「本当ですね？　僕は死にたくない」

南野はがくがくと震えている。怖い。死にたくない。そんなつぶやきが漏れる。

「気をしっかり持ってください。奇をてらわずに正直に答えていきましょう。本当に困ったら黙秘してもいいんです」

いまいち納得していない顔で南野はうなずく。

「すみません」

南野はやたらと謝っていた。きっと父親の存在が絶対的な恐怖として植え付けられているのだろう。それがこの男の根源。おかしな方向に曲がって育てられた。異常性癖者。自分にはそう見える。

杉村が時計に視線を落とした。

「では今日はここまでということで。公判まで長くはありません。何度も来ますので、頑張りましょう」

「よろしくお願いします」

芽依は拘置所を出る。その後、芽依は別件の約束があったので、杉村とはそこで別れた。

会ってみた限り、南野からは凶暴さは感じられなかった。

弱い者を自分の欲望のために狙い、ばれそうになると恐怖から殺してしまう自分勝手で臆病《おくびょう》なだけの犯罪者という感じだった。

やったことは悪逆無道。だが計画性はなく、生い立ちには同情の余地もある。反省もしているようだし、死刑は妥当ではない。

事務所に戻り、エレベーターでルーム1に上ると、事務員たちが心配そうに見ている。どうしたのだろうと思っていると、一足早く戻った杉村が、鷹野に怒られていた。

「一つだけ聞かせてくれ」

鷹野の視線は厳しかった。

「はい？」

「本気で南野一翔の弁護をやる気があるのか」

どうやらさっき接見した南野の事件の件で怒られている様子だ。

「南野の左手の薬指、どう思った」

そういえば、左手を隠すようにしていたと芽依は思い出す。

「どうして指がないのか知っているか」

「それは、あの……」

薬指がない？　気づかなかった。ダメだなと鷹野は首を横に振った。

「この前、俺も南野に接見した。事故だと最初は言っていたが、強く聞くと父親に切り落とされたと答えた。学校で指摘されるのを恐れて、ずっと隠していたために今でもその癖が残っているらしい」

「そうなんですか」

「どうして南野に手のことをしっかり聞かなかった？」

杉村が答えずにいると、鷹野は再度口を開いた。

「そんなひどい境遇で育ったってことは情状弁護において重要だ。お前はそんなことさえ確認していない。本気で弁護していくつもりがあるのか」

「あります。死刑を回避します」

杉村は南野の左手の異常に気づけなかったことを謝り、やりますと訴えた。鷹野はじっと杉村を見つめていた。

「もういい。俺が代わる」

「鷹野さん」

杉村が呼びかけるが、鷹野は無視してどこかへ消えていった。

芽依が近づくと、杉村は首を横に振った。

「ダメだね。成長したつもりだったんだけどな」

「私も気づけませんでした」

芽依も一緒に怒られた気持ちになり、二人でため息をつく。

それにしても本当に鷹野はどうしたのだろう。叱責するだけならわかるが、自分が代わるだなんて様子が変だ。

「検事が交代したんだってよ」

梅津が割って入った。確か南野一翔の担当は、若手の女性検事だったはずだ。

「誰に代わったんですか」

「一ノ瀬検事だよ」

言葉につまった。一番厄介な相手だ。私もこの前、嫌というほど思い知らされた。南野の事件、冷静に見るなら死刑回避の可能性は高いだろうが、相手が一ノ瀬では何をしてくるかわからない。

「だから鷹野さんはあんなに必死だったんですか」

「僕が力不足なだけだよ」

梅津が励ますように杉村の肩を叩《たた》いた。

「まあ、このまま鷹野さんに任せて引き下がったんじゃ、情けなさすぎる。鷹野さんに拒絶されても、僕も一緒に弁護していきたい」

杉村はこちらが考えるよりも強かった。

以前ならしゅんとしてしまうところだが、彼も成長していると思えた。

「杉村さん、梅津さん、それにしても変ですよね。気になりません？」

真剣な顔で芽依は語りかけた。

「何が？」

「鷹野さんのことですよ」

体調も優れないようだし大丈夫なのだろうか。

「そういや近頃、よく静岡に行ってるみたいだ」

梅津がコーヒーを飲みながら言った。

「それって絶対、雨宮久美子さんのことですよ」

芽依が応じると、そっかあ、と杉村が手を打った。

「彼女が殺された事件って静岡だったよね。鷹野さんが彼女を助けようと手術したのも、犯人として取り調べを受けたのも。鷹野さん、つらいだろうなあ、よく耐えてるよな。なんとしても犯人を見つけ出したいって必死になるのもわかりますよ」

誰もが口を閉ざした。これまでも鷹野が彼女を殺した犯人について必死で調べていることは知っていた。だが今の鷹野は鬼気迫る感じだ。もしかすると何か決定的なものを突き止めたのだろうか。

「もしかすると安倍川事件と関連しているのかもしれません」

その声の方を向くと、桐生がいた。どこかで聞いたことのある事件名だが、だいぶ古い事件のような気がする。

「二十六年前、静岡で又吉学という男性が逮捕され、後に死刑になった事件です」

「でも桐生くん、何でそう思うんだよ。同じ静岡だけどさ、ずいぶん前の事件じゃん」

杉村の問いを待ち構えていたように、桐生は口を開いた。

「実は先日、『獄中からの叫び』という絵画展で鷹野さんと待ち合わせをしていたんです。その際、鷹野さんがじっと見ていたのが又吉学の作品なんです」

「そうなの。でもたまたま見てただけじゃ」

「俺が声をかけても、食い入るようにその作品を見ていて、すぐには気づかなかった。あの人らしくない。おかしいと思っていました」

よくそんなところまで気にとめ、記憶しているものだ。確かに細かいことではあるが、鷹野にしては不自然かもしれない。

「俺ももちろん、必ず何かあるとまでは言いません。ですが鷹野さんのおかげでここまでこれたと思っています。鷹野さんがあんなに思いつめた様子なのは心配です。仲間として今度は俺が助けたい。そう思うんです」

梅津がそうだなとうなずく。

「よく代弁してくれた。俺もあの人はずっと一人で背負い込んでいる気がしていた。最近は見ちゃおれんレベルだろ。たまには俺たちがあの人を助けてもいい」

「僕もそう思う。恩返しできるのならしたい」

怒られたばかりの杉村も同意した。

「私も鷹野さんを放っておけない」

芽依も続いた。そうだ。今、自分がこうして弁護士を続けていられるのは鷹野のおかげだ。少しでも力になりたい。

全員がもう一度、大きくうなずいた。

桐生と梅津はあいている時間に安倍川事件について調べてみるという。杉村は久美子が所属していたという江尻法律事務所に問い合わせていた。

「どうでした？　杉村さん」

「雨宮弁護士が死の直前、扱っていた事件とかわかるかって聞いたんだけど、やっぱり教えてくれなかったよ」

「そっか、仕方ないですよね」

「でもさ、雨宮久美子さんの実家の住所と電話番号はわかったよ」

「そうなんですか」

「ああ、ちょっとかけてみるよ」

杉村は張り切って電話していた。だがたちまち、顔が曇っていく。

「この番号は現在、使われていないってさ」

事件のことがあって、番号を変えたのかもしれない。

「杉村さんは仕事に戻ってください。南野さんの弁護、まだあきらめてないんでしょ」

「それは、うん」

「あとは私に任せてください」

そう言って事務所を出ると、芽依は電車に乗った。

雨宮久美子の実家は世田谷にある。鷹野は当然、久美子の実家くらい知っていただろう。しかし警察に犯人だと疑われていた。だから鷹野は久美子の遺品などは見ていない可能性が高い。もし私がそれを目にすることができれば、そこから何かがわかるかもしれない。

芽依はタクシーを拾うと、メモにあるところに向かった。

小さな家だが、煙突のある三角屋根がこじゃれている。ＡＭＡＭＩＹＡという表札がある。きっとここだ。

芽依は雨宮家のインターフォンを鳴らした。

はいという声が聞こえた。

「佐伯芽依といいます」

師団坂法律事務所の弁護士だと名乗ると、やがてロックが外れ、白い髪の男が姿を見せた。芽依は名刺を渡す。

「もしかして、あなたは佐伯先生の娘さん？」

「そうです」

「ずいぶん前、あなたのお父さんのお世話になりました。本当によくしてくださって」

こんなところでも父の話題が出るなんて驚いたが、やはり久美子の父、雨宮広明で間違いないようだ。

「ただ突然、何のご用ですか」

「実は……」

娘さんが命を奪われた事件のことを調べていると言った。

広明は面食らったようにしばらく固まっていた。

「犯人だと疑われた鷹野さんのことはご存じですよね」

「はあ」

「私は彼の部下です」

正直に言うと、広明の顔がくもった。

「誓って言います。鷹野は犯人ではありません。今でも久美子さんを心の底から愛しています。久美子さんの命を奪った犯人をみつけようと、ずっと必死に駆けずりまわっているんです。痛々しいほどに」

「………」

「私はその手助けがしたくてここへ来ました。このことは鷹野本人には内緒でやっています。あの人は一人で背負いたがるから……どうか犯人を見つけ出す手がかりがないか、調べさせてください」

広明はしばらく黙っていたが、手招く。芽依は中に通された。

「久美子の部屋はあの日のまま、残してあるんです」

本棚は法律系の書籍ばかりだった。それでも鏡台には埃《ほこり》をかぶった化粧品の瓶が並んでいた。会ったことのない女性ではあるが、急にその息吹きのようなものを感じて、胸が締め付けられた。

「あなたのお父さんにあこがれて、あの子は弁護士を目指したんです。何度も司法試験に落ちましてね。まあ、あきらめずに努力し続けることと、正義感だけは誰にも負けない。そんな自慢の子でしたよ」

広明は悲しそうな顔で言った。

「そうでしたか」

芽依はゆっくりとうなずく。

司法修習で世話になった静岡の江尻弁護士のところで働きはじめたが、こんなことになるなら東京にいて欲しいと強く言うべきだったと漏らした。

「この鞄《かばん》……」

芽依はふと目をとめる。

「娘が事件に巻き込まれる直前、事務所に置いていったものだそうです。いつもは持ち歩いていたのに、不思議なもので。携帯や財布もこの中だったから、犯人に使用されずにすんだのかもしれません」

すべてが大事な形見です。広明はそう続けた。

「鞄の中、見せていただいてよろしいでしょうか」

芽依の言葉に、広明は黙ってうなずいた。

「これは……」

中にはリーガルパッドが入っていた。

めくるとそこには事件の記述があった。四方田初彦、又吉学……芽依は興奮を抑えつつ、二十六年前の事件についての記述を読み進めた。

2

静岡にやって来た桐生は、スマホでレンタカー屋を探していた。

売店で何か聞きこんできた梅津が近づいてくる。

「せっかく休日の遠出なのに、その相手がじじいですまんな。女の子と一緒なら楽しいかもしれんのに」

缶コーヒーを差し出された。いえ、と笑って桐生は受け取る。

「鷹野さんは安倍川事件の犯人を疑っているんじゃないでしょうか？　雨宮久美子さん

を殺した犯人として」

「なに？　同一犯人だってことか。何故だ」

「雨宮弁護士は安倍川事件の真相に気づいたのではないでしょうか」

「そして口封じされた……か」

桐生はええとうなずく。

「まあ、俺は付き添い。お前さんについていくだけだ」

旅行のつもりだと梅津は笑った。

「何せ殺人事件の再審請求で無罪を勝ちとった男だからな。そんなの佐伯先生でも一生で一回か二回あっただけだ。もはやルーム１は鷹野、桐生の二枚看板だろ。かつての佐伯、上永にも負けていない」

「やめてくださいよ」

もち上げられても歯がゆいだけ。自分なんてまだまだだ。鷹野には遠く及ばない。あの人の手助けがしたい。だからこそ……。

桐生は顔を上げた。

「とりあえず事件現場に行ってみましょう」

「ああ」

レンタカーを借りて移動した。

安倍川事件はもう二十六年も前の公訴時効が完成した事件だ。仮に真犯人が見つかっても罪に問うことはできない。だが雨宮久美子の事件に時効はない。

しばらく走ると、茶畑が増えていった。

絵画展で見た又吉学の絵にどことなく似ている風景だ。

「おい、富士山じゃねえか」

梅津は子どものようにはしゃいでいた。

スーパー、ドラッグストア、病院が見えてきて、目的地が近づいてきたようだ。

「あそこか」

そのようですと桐生は応じた。

木造平屋建て。蔵もある古くて大きな邸宅だ。今は空き家だそうだ。桐生は当時の資料を手に、門をくぐった。

「お電話してくださった弁護士さんですね。四方田です」

女性が立っていた。被害者の親戚で、この家を管理している。家の中を見せてもらえるよう頼んで、了解を得ている。礼を言ってさっそく入った。

「思ったよりはきれいだな」

侵入は勝手口からだった。深夜一時。犯人は鍵を壊して侵入。寝室の四方田初彦と妻のよし子、さらには七歳の娘、己奈《みな》の三人を殺害して逃走……。

検察側の説明では、又吉は四方田一家を殺した後、そのまま自宅に逃げ帰ったということだ。四方田家からすぐ近くにある又吉の自宅は既になく、空き地になっていた。

決定的だった証拠は衣服の血痕《けっこん》だ。又吉は事件当日、四方田家へは行っていないというが、彼の着衣にはしっかりと被害者の血が付いていた。きっと俺が判事でも又吉に有罪判決を下すだろう。

鷹野もここに来たのだろう。

何度も通って徹底的に調べ尽くしたに違いない。俺に見つけられるだろうか、鷹野でさえ見つけられなかった何かを。

桐生は殺害現場の壁にもたれながら、しばらく考えていた。梅津が気をつかって親戚の女性を伴い、どこかへ消えた。しんとした空間に一人きりになり、思考が研ぎ澄まされていく。何かがおぼろげに見える気がした。

梅津が戻ってきたとき、桐生は語りかけた。

「少しだけおかしいです」

なんだ？　と梅津が応じる。

「つまらないことかもしれませんが……」

桐生は前置きした。リーガルパッドに現場の見取り図を書き込みながら説明する。

「この殺人現場ですが、四方田夫婦を殺してすぐに逃げればいいのに、どうして離れた部屋で一人寝ている娘さんまで殺す必要があったんでしょう？」

「それが重要なのか」

「いえ、引っかかるんです」

この事件が起きた背景について、そもそも根本的に誰もが思い違いをしているのかもしれない。梅津とともに黙り込んでいると、電話がかかってきた。

表示は芽依になっている。桐生はすぐにタップする。

「はい」

「桐生さん、当たりですよ」

芽依は興奮気味だった。何かわかったのだろうか。芽依は雨宮久美子の実家に行ってみると言っていた。

「雨宮久美子さんのリーガルパッドがありました。そこに書かれていたんです」

桐生はスマホのボタンを押して、梅津にも通話内容が聞こえるようにした。

「何か書かれていたんですか」

「はい。桐生さんの言うとおり、久美子さんは安倍川事件を調べていたんです。又吉学にも彼が死刑になる前、何度も接見しています。その記録がちゃんとありました」

桐生は梅津と目をあわせた。

ということはやはり、この線は正しいのかもしれない。雨宮久美子は安倍川事件の真相に近づいた。だが真犯人によって口封じされた。少なくとも鷹野はそう見ているのではないか。

「内容について教えてください」

「又吉学は死ぬ前まで自分は無実だと訴えていたようです。それと気になることが書かれていました」

「気になること？　何ですか」

「百円玉を拾ったことです」

横で梅津が眉をひそめていた。

「事件のあった日の朝、又吉学は自宅の庭で百円玉を拾ったそうです。すぐに近くの自販機で使ってしまったそうですが」

冤罪と関係あるのかどうかわからないが、芽依が興奮して話すので、桐生は黙って聞き続ける。

「他には何かあるのかい」

梅津が横から割って入った。

「はい。あと気になるのは現場の図です。久美子さんは四方田己奈ちゃんの遺体の発見場所に大きく丸をつけています」

桐生は瞬《まばた》きを止めた。

安倍川事件の犯人について、決定的な書き込みはなかったということを告げて、通話は切れた。

梅津はたいしたもんだと桐生の方を向いた。

「やっぱりお前さんの言うとおりのようだな」

「いえ、まだ何も」

桐生は深呼吸をした。雨宮久美子と安倍川事件はつながった。とはいえ、これだけではなにもわからない。

休日はあっという間に溶けていった。

いつもの日常が戻っている。詐欺事件で予定している証人に会いに行ったあと、電車の中で古いリーガルパッドを広げた。

これは雨宮久美子のものだ。

東京に帰ると芽依から受けとった。桐生さんなら何かわかるかもと言われて見ているが、電話で聞いた以上のことはわからない。

四方田己奈が殺された場所は、両親から少し離れたところだ。どうして小さな娘まで殺す必要があったのだろう。顔を見られたのならわかるが、己奈は自分の部屋で寝ていただけのようだ。雨宮久美子も同じ疑問をもっていたようだし、気になる。

午後十時。飲み屋の前に見知った顔があった。

「桐生くんか」

かつてルーム1にいた上永恒夫弁護士だ。

梅津の姿もあった。

飲む気はなかったのだが、久しぶりということで相手をすることになった。上永はトマトスライスとたこわさを注文した。

　桐生は酒を注ぐ。

　梅津はさかんに桐生を褒めていた。

「殺人事件の再審請求を通したことは私も一度もない。あの佐伯先生でさえ一度しか通したことはない。それくらい難しい」

「いえ、それなんですが……」

　自分の力じゃない。むしろいいように利用されていたのかもしれないと言った。

「ただもう、そのことはいいんです」

　上永はかつて佐伯真樹夫に次ぐナンバー2だったが、鷹野がルーム1の弁護士を大量解雇した際、一緒に辞めた。今はフェアトン法律事務所という大手に所属している。

　鷹野のことは話しづらいが、酒の力が口を緩めた。

「そうか、そういうことが」

　上永はちびちびとお酒を飲んだ。

「実はね、私も最近の鷹野さんの行動はおかしいと思っていたんだよ」

「えっ、上永先生もですか」

　思わぬ言葉だった。

「実はね、今、控訴審に向けて弁護している被告人がいるんだが、どういうわけか鷹野さんが会いに来ている様子なんだ」

「そうなんですか」

桐生は梅津と目を合わす。

「また強奪かよ」

梅津が言った。同じルーム1の杉村から担当の被告人を奪っていくのはともかく、他の事務所の弁護人から奪おうとするなど異常だ。

「名前を教えてもらっていいですか」

「ああ、木村秀幸という。五年前に殺人罪で逮捕されて一審で懲役三十年の判決を受けた」

「もしかして逮捕されたのは静岡ですか」

「いや、茨城だ。はっきり言って証拠は乏しい。やりようによっては無罪に持ちこめると私は思って弁護している。だがいまいち、被告人の心が見えない部分があってね」

どういうことだろう。

確かにその事件、鷹野なら逆転無罪に持ちこめる可能性があるかもしれない。しかしだからといって他の事務所の弁護士が引き受けている被告人を奪おうとするなど、異常だ。何を考えている。鷹野にはその事件、気になることがあるのか。

そこで上永とは別れた。

安倍川事件と雨宮久美子はつながった。だからその線で調べていくのは妥当だ。鷹野には何か見えているのか。

「後は俺に任せな」

梅津は自信たっぷりだった。

「梅津さん」

「俺が今、一番暇だ。それにやり方もある」

「どうするんですか」

ごまかすように微笑むと、梅津は桐生からリーガルパッドを受け取った。

3

いつしか北風が冷たくなった。

最近はハロウィンに押されているとはいえ、さすがにクリスマスを控えてどこの町も皆、ムードが高まっている。

俺がやるしかない。

そう思いながら梅津は静岡駅に降り立った。若い連中にばかり任せておけない。

タクシーの後部座席に乗り込むと、梅津は桐生から受け取った雨宮久美子のリーガルパッドを取り出した。

きれいな字だ。これを書いた女性が無残に殺されたと思うと、やりきれない。いまだに犯人が見つかっていないだなんて、そんなことあっていいものか。鷹野の苦しみを思うと、胸が張り裂けそうだ。

「俺には俺のやり方がある」

つぶやきに、運転手が何か言いましたか、と聞き返してきた。

メモを手に梅津はここへ行ってくれと運転手に言った。

鷹野和也。

出会ってからもう一年以上になる。初めはおかしな男だと思ったが、鷹野は俺のことを認めてくれた。そのおかげで本当の意味で弁護士になれた気がする。受けた恩は返す。あんたの苦しみを俺が救ってやる。今がその時かもしれない。

やがてタクシーはホテルの前で止まった。

ラウンジに向かう。まだ来ていないようだな。そう思いながら周りを見渡していると、やがてしかめ面をした恰幅《かっぷく》のいい男が姿を見せた。

彼のようだな。手を挙げると、こちらにやってきた。

「よく来てくださいましたね。感謝します」

「梅津さんですね。元刑事だとか」

男は少し緩んだ顔になった。迫田《さこた》弓雄《ゆみお》。静岡にある警察署の元署長だ。今は引退して悠々自適の隠居暮らしだと聞いた。

梅津は師団坂法律事務所の名刺を渡した。

「東京の弁護士さんが何の用事でしょうか」

「いいところですね。人も少ないし、落ち着いて話ができそうだ」

はぐらかすと、迫田はしかめ面に戻った。

二人はコーヒーを注文すると一息つく。

「お時間を取らせても何ですので、さっそくですが用件を伝えます」

梅津は切り出してから、少し間をあけた。

「安倍川事件をよくご存じですよね」

「……はあ」

警察の同期はたいてい引退している。しかし中にはいまだに現場の事情に詳しい者もいて、そのつてが弁護士になった今でも自分の財産になっている。

この迫田は二十六年前、安倍川事件で捜査本部にいた一人だ。

本当は当時の捜査一課長や係長などに話を聞けるとよかったのだが、そこまでのコネクションはない。ほかの事情もあってこの迫田に目星をつけたのだ。時間を持て余しているようだし、元同業者ということで会ってくれることになった。

「又吉学の他に犯人だと疑われていた人物を知りませんか」

問いかけると、迫田は睨《にら》むようにこちらを見た。

「おわかりでしょう。私は又吉学の冤罪について調べています。彼のほかにも怪しい人物がいたと聞きました」

はったりだった。仲間の警察官もそんなことは言っていない。

迫田は微笑みながら返した。

「そう言われても、私は何も知りませんよ」

「本当ですか」

「仮に知っていても、捜査上のことを言うわけにはいきません」

　当然の反応だろう。だが引き下がるわけにはいかない。

「迫田さん、あなたのことは調べさせていただきました。私と同じで高卒でありながら署長まで上りつめた。能力もずば抜けているし、並大抵の努力ではなかったでしょう。きっと正義を愛する人だと思っています」

　歯の浮くようなセリフだなと迫田の顔に書いてあった。

「だからこそあなたに会いに来たんです。又吉学が死刑になり、彼の無実を証明しようとしていた雨宮弁護士も殺された。あなたの心は痛んでいるんじゃありませんか」

　雨宮久美子の名前を出した瞬間、迫田の顔に警戒の色が浮かんだ。

　いや、気のせいか。

「冤罪は二重の不正義です。無実の者を処罰するうえ、真犯人を取り逃がしてしまう。教えていただけませんか？　あなたには絶対に不利益にならないことをお約束します」

　熱っぽく語りかけたが、迫田は首を縦に振らなかった。

「残念ですが梅津さん」

　迫田は椅子から腰を浮かせた。

「お話がそれだけなら、これで失礼しますよ」

やはり厳しいか。だが予想通りだ。

「では、あと一つだけ」

「何ですか」

「県警時代、組織的な裏金づくりをしていましたよね」

迫田は不意打ちを食らったように中腰で止まった。座ってくださいと言うと、ゆっくりと腰掛ける。その顔は一気に紅潮した。

「侮辱する気か」

「いえ、脅しているんです」

「あんた正気か」

「もちろん」

最終手段だ。梅津はマスコミにリークすると告げた。

「超過勤務手当についてごまかすよう、あなたに命じられたと、ある人物から聞きました。名前は伏せますがおわかりでしょう」

部分的に事細かに、ほかはあえて伏せて思わせぶりに語っていく。

この情報ははったりではない。もちろんすべてが正しいという確証はないのだが、無視できないレベルのはずだ。

堂々としていた迫田の顔は瞬く間に青ざめていった。

「迫田さん、私が求めるのは正義のみです」

「よく言うな」

手の震えを隠すように、迫田はこぶしを強く握りしめた。

この反応、やはり何か知っているのだ。それにしても我ながらあまりにも危ない賭《か》けだ。迫田に開き直られたらこちらが終わる。脅迫罪で逮捕だ。

鷹野や桐生は弁護士として優れているが、こんなこと、彼らにはできまい。これが俺のやり方だ。

ここまできたら何としても真実を明らかにしたい。鷹野のためだけでなく、冤罪で死んでいった又吉、そして雨宮久美子、自分のためにも。

大きく息を吐き出すと、迫田はこちらを上目遣いに見た。

「梅津先生、このことは聞かなかったことにしておく。だからもう二度と私にかかわらないでくれ。そうでなければこちらにも考えがある」

そう言って迫田はこちらを指さした。

「迫田さん」

「私は何も知らん。残念だったな」

そのまま、迫田は立ち去って行った。

くそ。ダメだったか。せっかくここまで来たというのに。梅津は腰かけたまま、コーヒーを最後まで飲み干した。

エレベーターが音もなく地上へ近づいていく。

見下ろすと、いつの間にか、東京の街はクリスマスムードに包まれていた。

道行くカップルを見つめながら、沈んだ気持ちしかなかった。

思い切って迫田に噛《か》みついてみたが、得られるものは何もなかった。あの様子ならきっと何か重要なことを知っているだろう。だが良心に訴えかけても脅しをかけても、迫田は揺るがなかった。

くそ、とつぶやき、リーガルパッドに視線を落とした。

めくると、そこには在りし日の雨宮久美子のメモがあった。

何気なくパラパラめくっているうちに、すみっこの走り書きに気がついて手を止める。

何やら仕事とは関係ないつぶやきのような内容だ。授業中、ノートに落書きしている子どものようで、思わず目を細める。

――彼は私よりいい弁護士になれると思う。だってどんな患者さんだって大事にするから、どんな凶悪犯だってぶれずに弁護できるはず。私はどうしても感情に左右されてしまうけど、彼ならきっとできる。

なるほど。ここに記されている彼とは鷹野のことだろう。

鷹野が弁護士になったのは佐伯真樹夫に誘われたからだと聞いたが、もしかすると雨宮久美子に勧められていたのかもしれない。こんなところに書くくらいだから、鷹野のことがよほど好きだったんだろう。まあ、ジジィが若い娘さんの心の中を勝手にのぞいちゃいけねえな。そう思いながらそっと鞄にしまった。

一階に着くと鷹野がいた。

やはり目つきが尋常じゃない。思いつめた表情でこちらに気づかず、通りすぎていった。ますます心配がつのる。

鷹野が消えていった方を見つめていると、背後から杉村がやって来た。

「よう、おはようさん」

梅津は明るく声をかけた。声をひそめて情報交換をする。迫田に会いに行っていたことについては黙っておいた。

「今からどこか行くのか」

「接見です。でもその後で南野さんの公判、傍聴に行ってこようかなあって。鷹野さんには来るなって言われているんですけどね」

「怒られるぞ」

「やってるゲーム、クリアできたらですけどね」

杉村は冗談っぽく笑った。冗談を言えるくらいなら、鷹野に少々とがめられてもへこたれはしないだろう。確かにもともとは、杉村が担当していたものだ。梅津はそうかと言って、一度別れた。だがすぐに思い直す。

杉村を追いかける。タクシーに乗る前に追いついた。

「これ、持って行ってくれ」

リーガルパッドを渡した。

「何です？　これ」

「例のあれだ。雨宮弁護士の。鷹野さんに渡してやりたい」

「わかりました。僕が持って行きます」

杉村を見送り、一息つくと、スマホに着信があった。

登録していない番号だ。

「はい、もしもし」

名乗らずに出た。

「梅津先生か」

相手も名乗らない。ただこの低い声、聞き覚えがある。耳を澄ませて梅津は相手の言葉を待った。

「この前の話だが……」

ようやく記憶が声の主をとらえた。この前、静岡のホテルラウンジで会った迫田元署長だ。向こうからかけてくるということはまさか……。

「キムラヒデユキ」

「えっ」

「四方田一家惨殺で又吉学以外に犯人だと疑われた人物だ」

不意にもたらされた名前に面食らった。

キムラヒデユキ。どこかで聞いたことがある。平凡な名前ではあるが、確かに聞いた。

木村秀幸。

そうだ。そいつだ。上永弁護士の依頼人にもかかわらず、鷹野が最近、接見に行っているという殺人犯だ。

「もうこれで十分だろ」

「ああ、ありがとう。あんたの正義にこたえてみせる」

舌打ちが聞こえて、通話は切れた。

いつになく高揚感がある。木村秀幸と安倍川事件はつながっていたのか。鷹野はそれに気づき、探ろうとしている。こう考えると強引すぎる理由も納得がいく。だがもし木村が犯人だとして鷹野はどうする気だろう。目的は……。

梅津はこぶしを握り締める。

何年ぶりだろう。武者震いが来た。

4

午前中に接見を終えると、電車内で杉村はゲーム機をとり出した。

やりかけのRPGだ。あんな冗談を言ったものの、とても始める気にはなれない。長い物には巻かれろ。それが僕の主義だ。だけどその長い物が何なのかときどきわからなくなる。

いつの間にこうなったのかな。

来るなと言われているけど、行かないと気が済まない。仮にもずっと担当していた依頼人だ。最後まで見届けたいという気持ちがある。そう思いゲーム機をしまった。

しばらくして東京地裁にたどりついた。

手荷物検査の後、一〇二号法廷に向かう。今日の予定が貼られているドアを横目に、法廷に足を踏み入れる。傍聴席には既に多くの人がつめかけていた。

証言台にいるのは南野の母のようだ。もう証人尋問が始まっている。

「被告人は無職ということですが、何か理由があるのでしょうか」

鷹野が問いかける。南野の母はうなずいた。

「息子は社会が怖いと言って、引きこもっていました」

反対側の最前列には遺影を手にした夫婦がいる。被害者、山下椿の両親だ。遅くにできた子だったようで二人とも五十歳くらいだろう。二人とも目を閉じていた。

証言台の向こう、検事席には一ノ瀬がいる。

「大人になってからずっと、引きこもっていたのですか」

鷹野は質問を続ける。

「いいえ。高校までは休みがちでしたが何とか卒業して、その後は就職したのですが、職場でいじめにあったそうで。社会が怖い、人が怖いと言って」

「就職したのは一度だけだったんですか」

「いいえ。派遣社員になったりバイトをしたり、色々と努力はしていたんです。ですがそのたびに怖い、怖いと言ってすぐに辞めてしまうんです。怖い人ばかりじゃないよ、優しい人もいるよ。勇気を持ってと励ますのですが、ちょっとでも強い言葉、敵意のようなものを感じると、震えてしまって」

鷹野は大きくうなずいた。

「被告人がどうしてそうなってしまったか、心当たりはありますか」

「私たち、親のせいです」

「といいますと？」

「父親が酷い暴力をふるっていたからです」

南野の母は淡々と語っていく。

「息子や私は毎日のように殴られていました。もう耐えられない。そう思って息子と二人で家を出ました。けれど逃げても逃げても追いかけてきて……」

悲惨な境遇を訴えるのは有効だ。しかしあまりにも度が過ぎると、被害者面をして、と悪印象をもたれることもある。

「終わります」

鷹野に代わり、次は一ノ瀬が反対尋問を始める。

だがその前にとんとんと後ろから肩を叩かれた。振り返ると芽依がいる。

「あれ、佐伯さんも」

「傍聴に来ちゃいました。杉村さんも来てるだろうなって思ってましたよ」

芽依は微笑むと、隣に座った。

「どうですか、公判」

「やっぱりポイントは被告人質問かな」

きっと一ノ瀬もそう思っている。この裁判、死刑か無期懲役かが焦点になる。現状では無期懲役になる確率の方が高い。

やがて証人尋問は終わり、休憩になった。関係者や傍聴人がぞろぞろと退出していく。

とりあえず梅津から預かったこのリーガルパッドを鷹野に渡さないと。そう思って彼の方を見ると、誰かが鷹野に近づいていくようだ。

「杉村さん、あの人って」

鷹野の前に遺影を手にした女性が立っていた。殺された山下椿の母親だ。じっと鷹野を見つめている。

「お願いがあるんです」

母親はそう前置きした。遺影を持つ手が震えている。

「無罪にしてください」

鷹野は声を発することができずに彼女を見つめていた。

「死刑にできないなら、南野を放免してください。私が殺しますから」

杉村と芽依は顔を見合わす。

夫が慌てて駆け寄るが、妻の方は気持ちが抑えられない様子だ。

「もし無期懲役なら、南野は刑務所の中で一生すごせることになります。だったら無罪放免にしてくれた方がずっとましなんです。鷹野先生、あなたは何人も殺した凶悪犯さえ無罪にしたんですよね？　だったら南野だって無罪にできるでしょう」

「もういい。やめろ」

夫が肩をつかんだ。だが妻はきついまなざしを鷹野にじっと送り続けている。鷹野は一言も発することができないでいた。

愛するわが子の命を無残に奪った相手がのうのうと生き続けること、それは耐えられないほどの痛み苦しみだろう。死刑という刑罰があり、それが最高刑であるなら、誰でもそれを望むだろう。

その場をそっと離れつつ、杉村は芽依と目をあわせた。

「とても話しかけられそうにないね」

「ええ」

法廷の外に出ると、芽依は別の用件があるからと帰って行った。

「腹減ったな」

杉村はコンビニへ足を向けた。フランクフルトを買って出てくると、タイミングを見計らったように電話があった。梅津からだ。

「おい、えらいことになったぞ」

「梅津さん、どうしたんですか。落ち着いてくださいよ」

「落ち着いている場合じゃない。鷹野さんが最近会いに行っている木村秀幸のこと話しただろ？」

「ああ、はい」

「四方田一家惨殺で、又吉以外に犯人だと疑われた人物も同じ名前だった」

「ええっ！」

まさか……そうすると安倍川事件の真犯人は木村秀幸だというのか。

「鷹野さんもそのことを知ってたってことですかね。偶然じゃないでしょう」

「だとしたら、すごいな。恋人を殺したかもしれない男に接見に行くってことは、そいつの弁護人になるかもしれないってことだ」

その時、杉村の脳裏にふっと閃《ひらめ》くものがあった。

「ひょっとしてですけど」

「何だ」

「鷹野さん、すでに犯人だとわかっていたりして。そして木村秀幸の弁護を引き受けて無罪にするつもりじゃないでしょうか」

「はあ？」

　梅津は何言ってんだという反応だった。

「どうして恋人の仇《かたき》をわざわざ無罪弁護するんだ」

「釈放された後、自分で殺すためかも」

　杉村の脳裏にさっき見た山下椿の母親の姿が浮かんでいた。

「……そんな馬鹿な」

　だが梅津も強く否定はできない様子だった。

「僕はもうちょっと傍聴していきます」

　通話を切った。

　まさかとは思う。だがスマホを持つ手が震えている。鷹野の鬼気迫る様子を知っているだけに、本当に殺してしまうんじゃないかという気になってくる。鷹野は身の破滅などどうでもよさそうだ。

　いつの間にか休憩は終わり、被告人質問が始まっていた。

　証言台には南野がいる。鷹野の質問が続いていた。鷹野は細かいことを聞いた後、事件の様子について訊ねていく。

「被害者を自宅の部屋にどのようにして誘ったのですか」

「一緒にゲームしようって。うちにいっぱいあるよって言ったら、椿ちゃんはついてきてくれました」

「被害者が外に逃げ出したのは、どういう流れだったのですか」

「しばらく一緒にゲームをしていたんです。でも僕がコントローラーを操作していると、椿ちゃんが僕の左手に薬指がないことに気づいて笑うもんだから、つい怒ってしまったんです。そうしたら怖がって飛び出していきました」

「以上です」

「では検察官、反対質問をどうぞ」

鷹野の主質問が終わり、一ノ瀬が反対質問に立った。

質問を受け、南野はその時の様子を話していく。

それらは起訴状に書かれた内容をなぞるものだった。一ノ瀬は反省の態度などについては触れることなく、事実関係について確認していく。

「逃げ出した被害者を追ってどうしましたか」

「社宅の跡地に入り、中庭のようなところで追いつきました。そしてそこに落ちていた自転車のチェーンで椿ちゃんの首を絞めました」

「そのチェーンですが、その時初めて見つけたものですか」

一ノ瀬の問いに、南野は言い淀《よど》んだ。

「それは、はい」

「初めからそこに落ちていたのを、あなたは知っていたのではありませんか」

「そんなことはありません」

首を絞めるものが都合よく落ちているなんて不自然であり、計画性があったのではという追及のようだ。だが被害者がどこへ逃げていくかなんて予想できるはずもない。すべては一ノ瀬の推測だ。

「さきほど被告人は薬指がないことについて、被害者にからかわれたというようなことを話されましたが、あなたはそのことで腹を立てて殺意を覚えたのですか」

「そういうわけではありません」

「その薬指はどうしてないのですか」

問われたが、南野は沈黙した。口を真一文字に結んでいる。

「もう一度聞きます。その薬指はどうしたのですか」

一ノ瀬はふうと息を吐き出す。珍しくかなり焦っている。このままでは死刑にするのは難しいとわかっているのだろう。

一ノ瀬がもう一度、口を開きかけたとき、南野は小さく言った。

「父に……されたんです」

「はい？　すみません、もう一度お願いします」

「中学生の頃、父に切断されたんです」

傍聴席がざわめいた。裁判員たちも驚いた表情だ。

「あの時のことを思い出すので、ずっと隠していました」

震える声で言った後、南野は下を向いた。

一ノ瀬はしばらく問いを発することなく、南野を見つめた。今、この公判で決定的な一撃が入った。このざわめきがすべてを物語っている。

「あなたは今、自分が殺した被害者についてどう思っていますか」

「本当にどう償えばいいのか……取り返しのつかないことをしてしまいました」

南野は涙目で言葉を詰まらせながら語った。

「以上です」

被告人質問は終わった。

おそらく法廷にいた誰もがこう思っただろう。死刑はない。被告人の生い立ちには情状酌量の余地ありだ。裁判は完全に弁護側のペースになった。

杉村は法廷を後にした。

夕陽が電車内に差しこんできた。

きっと父親に指を切断された事実を、最も有効な形で裁判員に印象づけるのが鷹野の戦術だったのだろう。南野や母に積極的に語らせるより、一ノ瀬検事の問いに呼応する形で出す方が効果的と鷹野は思ったのだ。おそらくあれでこの公判の流れは決まった。予定されている証人尋問はもうない。論告求刑だけではいくら一ノ瀬でも逆転は不可能だ。

これほど重要な事実に僕は気づけなかった。

弁護人が鷹野に代わったのは南野にとって幸運だったのだ。鷹野は木村秀幸という男のことが気になって仕方ないだろうに、他の弁護でも全く気を抜かず、完璧《かんぺき》な戦略で挑んでいる。

やっぱり僕は駄目だ。

だが自分を責めても仕方ない。最後に南野に会いに行こう。そしてこれで南野のことを気にするのはやめて、潔く鷹野に任せよう。南野の案件は重要だけど他の依頼だってあるんだ。傍聴しているだけの弁護士なんて駄目だ。

拘置所に向かうと、しばらく待たされた。

雨宮久美子のリーガルパッドを取り出す。そういえばこれを渡すことさえできなかった。梅津に頼まれたのに、本当に僕は何をやっているんだろう。そう思っているとやがて呼ばれた。ドアを開けて接見室に入る。

遮蔽板の向こうに、さわやかな顔があった。

「杉村先生も傍聴に来てくださってましたね。ありがとうございました」

南野もわかっているようだ。この裁判の結末がほぼ決まったことが。

「本当に鷹野先生は頼りになります」

悪気はないのだろうが、直球で言われると少し傷つく。

「そうですね。僕ならああはいきませんでした」

ひがみではなく、本心でそう思う。

南野は嬉《うれ》しそうに口元を緩めた。

「でも正直言って、焦りましたよ」

焦った？　それほどの場面があっただろうか。

「一ノ瀬検事に薬指のことを聞かれた時です」

薬指？　鷹野と打ち合わせて、一ノ瀬に質問させるよう仕向けたんじゃないのか。

「気づかれているのかなって。杞憂《きゆう》でしたけど」

「南野さん、どういう意味ですか」

「黙っていて、すみませんでした」

ぺこりと南野は頭を下げた。何の謝罪だ？　意味がわからない。こちらの心中を見てとったように、南野は薬指のない左手を広げて見せた。

「父に切り落とされたというのは嘘です」

「えっ」

杉村は驚きを隠しきれず、南野を見つめる。

「じゃあ、どうしたんですか」

「自分で切り落としたんですよ」

杉村はつばを一つ、飲みこんだ。

「自分で？　どうして」

「少しまずいことがありましてね」

せっつくような杉村の問いに、南野はすみませんと頭を下げる。

「たいしたことではないんです。もう二十六年も前のことですし」

二十六年前という言葉が脳内をめぐっている。

背筋に冷たいものを感じた。

「いたずらしようとした女の子に咬《か》まれたんですよ」

「咬まれた？」

「ええ、がぶっと。それで今回と同じように逃げられてしまって。あの時は家まで行って殺したんですよ。そうしたら親に見つかってしまいましてね。仕方なくみんな殺しました」

言ってから、南野は微笑んだ。

杉村は言葉を失っていた。

「持っていた百円玉に被害者の血をつけて、逃げる途中、置いていきました。これを拾った人のせいにできるかなって。すみません。この時うまくいきすぎたから、またくり返してしまったんです」

これって……南野の語っているこの事件ってまさか。

そうだ。雨宮久美子のリーガルパッドに書かれていたことだ。又吉学は家の庭で百円玉を拾ったと言っていた。又吉学の衣服に血液がついていた。なぜ付いたのかわからないと死刑になるまで訴えていた。

「ああ、何だかほっとしたら、しゃべりたくなってしまった。でもまあ、今回の事件と同じです。僕も本当は殺したくなかった。仕方なかったんですよ。すみません」

悪びれるでもなく、南野は言い放った。

薬指を切断した理由はその子に咬まれた痕《あと》が残っていたから。こんな傷からわかるとも思えないが、万が一を考えて切り落としたらしい。父に切られたと言ったら母親ですら信じていたという。

告白のあまりの内容に空間が歪《ゆが》んで見える。こんなこと弁護士になって、いや生まれて初めてだ。だがまだ冷静な自分もいる。

「全部仕方なかった。そう言うんですか」

杉村の問いに、そうなんです、と言って南野は言葉を続ける。

「あの弁護士さんも同じです。このことに気づかれたから」

目の前が真っ白になった。

「仕方なかったんです。すみません」

音も聞こえない。まったくどこかわからないところにいるようだ。

口を開こうとするが、言葉は出てこない。

こんなことになるなんて、思いもしなかった。

どうやって接見を終わらせて拘置所を出たのか。よく覚えていない。

これは悪い夢か……。

いや違う。記憶はしっかりしている。とんでもないことを話しながら微笑む南野の顔が今でも浮かんでいる。仕方なかった。すみません……くり返されたまるで感情のこもらない言葉が海馬にはっきり刻印されていた。

5

深夜一時。芽依はルーム1にいた。

広いオフィスに四人の弁護士が残っている。シニア・パートナールームに鷹野はいない。事務員もみんな引き上げた。

公判後、南野が杉村に語った内容は、ここにいるメンバーへと既に伝えられている。途中から意識がもうろうとして隣町の花火のようだったが、不思議と頭にこびりついて離れない。

芽依は思いもしない事態を受け止めきれずにいた。

「じゃあ、南野一翔はキムラヒデユキという名前だったんですね」

芽依の問いに梅津はうなずく。

「そうだ。そしてさっき、警察関係者にもう一度、確認した。又吉学の他に疑われていたというキムラヒデユキは当時、十三歳の少年だったらしい。年齢もぴったりだ。静岡に住んでいた。南野に間違いない」

まさかキムラヒデユキが南野一翔のことだとは誰も思わなかった。

改名する前の名前は木《き》村《むら》英《ひで》之《ゆき》と言ったらしい。

「離婚して姓が変わるのはともかく、どうして下の名前まで改名できたんですか」

「父親の暴力から逃げる必要があったからだそうだ。引っ越しをくり返しても追いかけて来たそうだし、父親の高《たか》之《ゆき》からもらった〝之〟の一字を見るだけでおかしくなりそうだと言って認められたようだ」

「安倍川事件の犯人も、雨宮久美子弁護士を殺した犯人も、南野一翔で間違いないよ。あれだけはっきり言ったんだもん」

「そのことですが」

ずっと黙っていた桐生がようやく口を開いた。

「鷹野さんはこのことを南野に聞いて知っているんでしょうか」

誰もがいっせいに杉村の方を向いた。

「ああ！」

杉村は大声を上げ、頭を抱えた。

「接見のときに聞いとけばよかった。僕としたことが……」

「聞いてないのかよ」

梅津が眉をひそめる。桐生も何やってんだと冷たい視線を送った。

芽依は逆に同情的だった。まあ、あまりにもショッキングな告白だったようだし、たぶん私でも頭が回らなかったに違いない。

「でも鷹野さんが知ってたら、普通に弁護なんてできるわけないですよ。公判中もいつもどおりでしたよ」

芽依は杉村をフォローするように言った。

「そうかもしれません」

桐生は一呼吸入れた。

「ただおかしいと思いませんか。上永先生が話していた木村秀幸のことです」

「鷹野さんが強奪しようとしてたな」

芽依は口元に手を当てた。

「俺は思います。鷹野さんは最初、そっちの木村秀幸こそ犯人だと思った。でも何かのきっかけで南野のことに気づいたのではないかと」

「そういやこの前、上永先生は言ってたよ。最近は木村秀幸に鷹野さん、会いに来てないようだ。あきらめたようだって」

梅津の言葉に桐生はうなずいた。

「鷹野さんは何故、木村から南野に疑いを切り替えたんでしょう？　桐生さん、あてがあるんですか」

芽依の問いに、桐生は首を横に振った。芽依も杉村も梅津も、考えこんだが全く答えが出ないまま、時だけが過ぎていった。

芽依はシニア・パートナールームの方へ目をやる。

何か知ることができるかもしれない方法が一つだけある。

それはここに入ることだ。私は持っている。この扉を開けるカードキーを。

「芽依ちゃん」

扉の前まで行くと、何をしようとしているか察して視線が集まった。

芽依は振り返って全員を見渡す。梅津はかまわんと目で合図した。桐生は何も言わず、ただじっとこっちを見ている。

「みんなでやれば怖くないってね。怒られるときは一緒だよ」

杉村の言葉にうなずくと、父の遺《のこ》したカードキーを差しこむ。扉が開き、全員でシニア・パートナールームの中に入った。

自宅の父の部屋とよく似ていて雑然としている。

桐生は棚にある本や資料を片っぱしから目で追っている。

「うわ、こんなに」

杉村が開けたロッカーの一番下には、大量のチョコバーが入っていた。

「何だこれ、まだ残してたのかよ」

梅津が手にしているのは懐かしの診断表だ。鷹野がここに来た直後、ルーム1の弁護士全員の能力を査定したものだ。桐生は最高点、杉村には最低点がついている。

「こんなの捨ててくださいよ」

もう昔の僕じゃないんだと自己弁護する杉村をよそに、芽依は何かないかと探し回る。引き出しを開けると、奥の方に手紙があった。

手にとって見つめていると、みんなが集まって来た。

目を閉じて大きく深呼吸。差出人名は封筒にはない。目を薄く開けてから、思い切って中を開いた。


――突然のお便り失礼します。

鷹野先生、あなたにどうしても伝えたいことがあるのです。私は雨宮久美子さんを殺した犯人を知っています。その人物は安倍川事件の犯人でもあります。赦すことのできない極悪人。私を信じ、お会いくださるなら、その人物のこと、この二十六年のすべてを洗いざらいお話しいたします。

一ノ瀬　眞人

手紙を持つ手が震えていた。

一ノ瀬検事から鷹野にこんな手紙が送られてきていたなんて、考えもしなかった。

案の定、誰もが驚いていた。

「一ノ瀬は南野一翔のことを知っていたってことか」

梅津の問いに答えたのは桐生だった。

「あれから安倍川事件について調べてみました。当時の担当検事は、一ノ瀬検事の将来を一番かっていたそうです。彼から聞いて調べたとしてもおかしくはありません」

「そうだとしても何で？　何で一ノ瀬検事がこんなことを」

杉村は手紙を手に何度も首を横に振っていた。

桐生は何気ない顔で答えた。

「南野を死刑にするためです」

芽依は目を瞬かせる。死刑……とくり返した。

「杉村さんが担当弁護士だと南野を無期懲役にしかできないが、鷹野さんが相手なら死刑にできる。だから手紙を送って担当弁護士を鷹野さんに交代させようと考えたのではないでしょうか」

「どういうことだよ！」

杉村が大声を出した。

「鷹野さんが相手だったら僕なんかよりずっと強敵になるわけで、死刑なんてなおさら無理じゃん」

杉村は興奮気味だが、芽衣には桐生の言いたいことが何となくわかった。梅津も同じような顔をしている。

「一ノ瀬検事と鷹野さんは利害が一致する……ってことか」

梅津の言葉に、桐生はうなずいた。

「そうです。南野が雨宮弁護士を殺した犯人なら、鷹野さんは死刑にしてやりたいと思うはずです。弁護のやり方次第で南野を死刑にすることは可能です」

桐生の言葉に、芽依も杉村も梅津も固まった。そんなことができるのか……。考えもしなかった。しばらく静寂に包まれる。

「でもさ、桐生くん」

杉村が声を発した。

「だったらどうして昨日、鷹野さんはあんな弁護をしたんだよ。僕の目から見ても完璧だった。あれで死刑になるとは思えない」

「杉村さん、鷹野さんの弁護を見て安堵《あんど》しましたか」

「うん、これなら死刑はないなって」

「だったら南野も同じでしょう」

あっと言ったまま、杉村の口は閉じなかった。

「ほっとしたからこそ、南野は過去についてぺらぺらしゃべったんですよね。それが鷹野さんの狙いだったとしたら？」

呆気《あっけ》にとられる杉村をよそに、桐生はもう一度、口を開く。

「公判の様子を聞く限り、普通この状況まできたら逆転されることはまずありません。

ですが弁護人がこの後、裏切って過去の罪まで含めて被告人を責め出したらどうなるでしょう。被告人は死刑になるべきだと」

弁護人が死刑を主張する？　そんなことありえない。芽依が口を開く。

「待ってください。今回の公判で争われているのは今回の事件だけです。昔のことを言いたてたって何の意味もない。それにそんなことをしたら鷹野さんはどうなるんですか」

「終わりでしょうね」

「やっぱりそれはありえませんよ」

「鷹野さんは知っています。安倍川事件で三人、久美子さんも含めると五人もの命が奪われていると。二十六年前の事件は時効とはいえ、無視できることではない。再調査されて事実だとはっきりすれば、誰だって死刑判決を下すでしょう」

「まあ、そうだろうな」

梅津は腕を組んで言った。

「久美子さんの事件は生きています。時効はありません。ですがこちらも南野が自白しなければ同じこと。証拠もないです」

杉村に告白した内容を訴えたところで意味はない。しらを切られたら終わりだ。

「今しかないんです」

桐生は全員を見渡し、一度言葉を切った。

「今、鷹野さんはメスを握っているんです。今なら十五年も憎んだ相手の首筋にそれを突き立てることができる。でも判決が出てからでは遅いんです。だったら弁護士を辞めることになっても被告人を追い詰めるような弁論をして、この事件で死刑にするしかないと思うのではないですか」

「何言ってるんですか、桐生さん」

芽依は否定した。

「鷹野さんはそんなことするはずありません。どんなに憎いと思っていても、弁護士としての正義を優先するはずです」

「だったら佐伯さん、あなたが鷹野さんの立場ならどうします？」

「桐生さん」

芽依は言い淀んだ。どうするだろう。もし私なら。どうしただろう、父だったら。いや、こんな弁護、誰だってやったことはない。

「でもいくら弁護人が死刑を主張したとしても、それが通じるとは限りません。弁護人の暴走でやり直しになるかも」

「もっと直接的なことかもしれんぞ」

梅津の言葉に、芽依はえっと言った。

「直接刺せばいい。弁護士は被告人のすぐ近くにいるんだ」

杉村は目を大きく開けた、桐生でさえ考えつかなかったようで虚をつかれた顔だ。

「まさか、それはさすがに」

「はは、そうだな、今は磁気チェックもあるし考えすぎだな」

梅津が想像してしまうのもわからなくはない。そのくらい鷹野の様子は鬼気迫っている。芽依は黙りこんで、みんなの話を聞いていた。

「まあ、どうするかは鷹野さんに委《ゆだ》ねるしかない」

梅津の言葉を最後に沈黙が包み込んだ。

誰も何もしゃべらないまま、時間が流れていく。

オフィスに朝日が差しこんで来た。

事務員たちが出勤して来た。いつもの日常が戻っている。

やがて鷹野がやって来た。シニア・パートナールームに入ったが、出かける支度をしてすぐに出てきた。

「鷹野さん」

芽依が声をかける。

「これを持って行ってください」

久美子のリーガルパッドを差し出した。

鷹野は不審そうに受け取ると、ペラペラとめくり、これが何かわかったようで手を止める。

「私たちは鷹野さんを信じています。だから鷹野さんの思うようにしてください」

鷹野はこの言葉だけでさとっただろう。こちらが全て知っているということを。

「私たちはこのリーガルパッドを渡したかっただけですから」

いつの間にか後ろに杉村が立っていた。

梅津と桐生もいる。鷹野は何も言わずに立ち去っていった。

誰もが同じ思いなのだろう。この裁判、せめて最後まで見届けたい。

全員で大きくうなずいた。

芽依たちの乗ったタクシーは東京地裁に着いた。

南野の公判は二日目を迎える。法廷に入ると既に一ノ瀬がいて、遺族の夫婦と話をしている。傍聴人の数は少し減ったので何とか四人全員、座ることはできた。鷹野は一瞬、こちらを見たが、勝手にしろとでもいうようにすぐに目をそらした。

鷹野は目を閉じ、弁護人席に座っていた。廷吏が連絡をとっている。やがて南野が入ってきて手錠と縄が解かれる。刑務官二人に挟まれる恰好で席に着く。

芽依は南野を横目で見た。

ここに悪魔がいる。

そしてこの悪魔は今のままだと死刑をまぬがれる。

鷹野はこう思っているのだろうか。安心しているのもここまでだ。俺が自分の弁護士バッジと引き換えにお前を死刑にしてやる。お前にはこれしか治療法がないのだと。

やがて裁判官がやって来て公判が始まった。

すでに証拠調べはすべて終わっているので、論告求刑にあたり遺族からの意見陳述が始まった。

「あなたのやったことは絶対に赦されません」

山下椿の母が南野を睨んだ。

「あなたは償いたいと言いましたね。でもそれなら道は一つしかないのです。私はあなたに死刑を望みます。そして生まれ変わってもまた死刑になってください。それを何度もくり返して灰になるまで続けてください。そうすることでほんのかすかに椿の無念がわかるようになるかもしれません」

その訴えは誰の心にも響くような痛切なものだった。

「弁護士さんも、そう思いませんか」

母親は鷹野の方を見た。

「弁護士さんは被告人の味方。それはわかっています。でもあなたがもし、私と同じように愛する人を殺されたならどう思います？　それでもあの被告人を赦すんですか」

その問いは本来の形を逸脱したものだった。裁判長がたしなめようとするが、すぐに母親はすみませんと謝った。

「被告人に死刑を求めます」

もしかするとこの逸脱ぎみの陳述は、一ノ瀬が指示したのかもしれない。あんな手紙を送ってきたくらいだ。彼女にここまで言われたなら、鷹野は遺族の思いに呼応して、南野を裏切る流れに向かいかねない。

　遺族に続いて、一ノ瀬が論告を開始する。

「……被告人は被害者をただ欲望のはけ口としか見てはいない。被告人は椿ちゃんの首にチェーンを巻き付け、残酷にも絞め殺した。その痕は正視に堪えないほど悲惨なものである。ご遺族の無念は筆舌に尽くしがたく、第三者であり、公平な立場であるべきこの私ですら激しい怒りを抑えきれない。稀《まれ》に見るほどの鬼畜の所業としか言いようのない行為である」

　無表情のまま、激しい怒りが言葉に込められていく。

　もしあんな手紙を公表されたら一ノ瀬もただではすむまい。だが読み切っているのだ。鷹野はそんなことはしないと。その仮面のような無表情の奥にはきっと、何かが燃え滾っているのだ。

　一ノ瀬の論告が続く中、隣にいた杉村が小声で話しかけてきた。

「本当に鷹野さんは南野を死刑にさせるつもりなのかな」

「私はそうは思いません」

　芽依はそう答える。肯定してしまうと、本当にそうなってしまいそうで不安だ。桐生と梅津の視線もこちらに集まる。

「どうしてですか」

鷹野はきっと、死刑にはさせない。

どうしてそう思うのか、自分でもわからない。あえて言うなら根拠は久美子のリーガルパッドだ。彼女は言った。鷹野なら自分より優れた弁護士になれると。自分の復讐《ふくしゅう》のため、弁護士としての使命をまっとうせずに南野を死刑にすることを久美子は望むだろうか。その気持ちを鷹野が汲《く》みとれないはずがない。

「……よって相当法条を適用の上、被告人を死刑に処するを相当と思料する」

一ノ瀬の求刑が終わった。

「では弁護人、弁論をどうぞ」

促されて鷹野は、ゆっくりと立ちあがった。

「検察官の言うように、この事件、ご遺族の心痛も推しはかることができないほどであると思います」

鷹野は手元の資料を見ることもなく、まっすぐ顔を上げて語りかけていく。

「ただここでいくらきれいごとを申しあげても、ご遺族の山下さんご夫婦にはきっとしらじらしく感じられることでしょう」

鷹野は山下夫婦の方に視線を送った。

「先ほどおっしゃいましたね。あなたがもし、私と同じように愛する人を殺されたならどう思うのか。それでもあの被告人を赦すのか……と」

鷹野と山下夫妻はお互いを見つめ合った。

「答えはノーです」

鷹野はゆっくりと首を横に振った。

「私は愛する人を殺した人間を赦すことなどできません。もしここにいる被告人が自分の愛する人を殺したのであれば、絶対に赦さない。八つ裂きにしても飽き足らない。まったく山下さんと同感です」

鷹野は間をあける。芽依の心にさざ波がたった。

その時、桐生が小さな声を出した。

「やっぱり鷹野さんは南野を死刑にするつもりです」

「どうしてだ？」

梅津が問う。

「鷹野さんの襟元を見てください」

杉村は小さく、あっと言った。

「弁護士バッジがない。さっきまであったのに」

「きっと鷹野さんは弁護士を辞めるつもりなんです」

着け忘れたのではなく、わざと外した。

もしそうならこれは鷹野の意思表示だ。

「第一に犯行動機について述べます。検察官は被告人について被害者をただ欲望のはけ口としか見てはいない。稀に見るほどの鬼畜の所業としか言いようのない行為と断じています。この件に関しまして、弁護人も全くその通りであると考えます」

鷹野は犯行動機について長く論じていった。

抑え気味ではあるが、言葉の一つ一つに被害者への思いが詰まっている。それはきっと久美子のことを考えているからだ。だが聞いている者たちにそのことはわからない。

「犯行態様についても述べます。検察官の言うように殺害後、自殺を装って木に吊るすという行為は狡猾《こうかつ》であり、情状酌量の余地のないものです。この部分に関しましても、弁護人は検察官の言うとおりであると考えます」

激しい怒りで鷹野は南野の方をふりかえる。

「生い立ちや家庭環境に関してですが、被告人の過去は悲惨なものでした。そのことには考慮の必要があるでしょう。しかしそのことと犯行は切り離して考えるべき性質のものであります。私はこう考えます。更生の余地、そんなものがあるだろうかと」

主語がいつの間にか〝弁護人〟から〝私〟に変わっている。

鷹野は南野を睨みつけた。

「もしこの被告人に更生の余地があるなら、それは唯一、死というものを現実のものとして突きつけられたときだけではないでしょうか」

「被告人は死刑になるべきです」

南野は目を大きく開けた。芽依は口元に手を当てる。

傍聴席はざわめいている。南野の母は血の気の引いた顔で固まり、裁判官も裁判員も呆気に取られている。南野は鷹野を見つめたまま、醜く歪みひきつった顔をしていた。ただ一人、一ノ瀬だけがまるで表情を変えなかった。

ざわめきが潮のようにひいて、法廷を静寂が包んでいった。

しばらく鷹野は動かなかった。

鷹野さん……芽依は心の中で呼びかける。

これが鷹野が選んだ道。

愛する人の仇。五人もの命を奪った死刑になって当然の極悪非道の男。だがこうするしか道はなかったのか。

「鷹野さんにとって、これが治療なのかもしれません」

つぶやくように桐生が言った。

「南野に死刑判決を与えることしか、被告人を治療する方法はないと」

「そういう意味じゃ、弁護士の掟《おきて》にも背いていないってことか」

梅津が続けた。そういう考え方もあるのかもしれない。だが久美子はどう思うだろう。

それが治療といえるのか。

ふと父のことが浮かんだ。

治療的司法。それが父の選んだ正義だ。だが父とて、自分の愛する人を殺した男を弁護したわけじゃない。もし父が鷹野の立場ならどうしただろうか。もし自分だったらどうする……。

鷹野さん、鷹野さん……。

芽依は心の中で呼びかけ続けた。

「弁護人」

裁判長が声をかけるが、鷹野は微動だにしない。いや震えている。その握りしめた手。震えはそこから足に伝わり全身が震え出す。

誰もが声を失って鷹野を見つめている。

鷹野の目は大きく開かれた。指になにかある。それは弁護士バッジだった。鷹野は天《てん》秤《びん》の描かれたバッジを襟元に付けた。

「被告人は死刑になるべきです」

同じ言葉がくり返された。

「……本心からそう思います。ですがそれはあくまで今の私の思いです。弁護人としての考えは違っています」

鷹野はそこで息を継いだ。

「この公判は殺人について量刑が争われたものです。個人の思いとは関係なく、公判に現れた事実と証拠にもとづいて決せられなければいけません」

鷹野の顔はいつものように平静に戻っていた。

「被告人の犯行は残忍なものですが、計画性はありません。そして被告人は父親に酷い虐待を受けて育った。それが彼の精神に大きく影響し、かかる犯罪を引き起こしてしまった可能性は否めません」

鷹野は両手を大きく広げた。

「人は簡単に変われない。仮に変われたとして、彼の更生にそれほどの意味があるのか。更生しようがしまいが、愛する者を殺された人たちが彼を赦すことは一生ないでしょう。それでも被告人が変わる可能性はあるのです」

鷹野は一人一人を見渡した。

「これは公判の評価とは関係なく聞いてください。私はこれから一生かけて、被告人の心を治療していきたいと思います。私の命、あるいは被告人の命が尽きるまで見届けます」

芽依は両手を口元に当てたままだった。一生という言葉が心の奥底まで重く響く。杉村も梅津も何も言えず、この前代未聞の最終弁論に圧倒されていた。

鷹野は最後に深く一礼した。

「どうか寛大な処分をお願いします」

最終弁論は終わった。

鷹野は席に戻っていく。

裁判長の指示で、南野が証言台に向かった。

「最後に言いたいことはありますか」

少し間があって、南野はとまどうように頭を下げた。

「本当に申し訳ないことをしました」

山下椿の両親の方にも頭を下げた。

「本来なら、弁護人が言うようにこの命を差し出して償いたいところです。ですが生かしていただけるなら、残りの一生を贖罪《しょくざい》にささげたいと思います」

南野は涙目で優等生的な反省を述べていく。

誰もが彼に注目する中、芽依は鷹野に視線を注いだ。

うつむいていても、その顔が苦悶《くもん》に歪んでいることはわかった。

騙されるな。鷹野はそう叫びたいのを必死でこらえているようだ。

この男は山下椿を殺しただけじゃない。五人もの命を奪っている。死刑になって当然なんだ。稀代《きたい》の凶悪犯。こいつはこの期に及んでも反省など全くしてはいない。仕方なかった。そんな言葉で久美子の死が正当化されてたまるものか。まだ間に合う。今からでも叫ぶんだ。ここにとんでもない殺人鬼がいると。いや、どうせなら俺が殺してやろうか。今すぐこいつに飛びついて絞め殺してやる。そんな心の声が伝わってくる。

だが鷹野は唇を噛みしめたままだった。

やがて最終陳述が終わり、南野は席に戻った。

「それでは終わります」

裁判長が宣言し、公判二日目は終わった。

南野はそそくさと姿を消す。一ノ瀬も無表情のまま、山下夫妻とともに背を向ける。傍聴人も次々と退席していく。

あれは……。どこかで見た人影がある。久美子の父、広明に思えた。

弁護人席の鷹野は起立、礼もせず、ずっと座ったままだった。

芽依が駆け寄る。杉村も梅津も桐生も続いた。

「鷹野さん！」

声をかけても、魂が抜けたようだった。

時間にしたらわずかな間だったが、きっと一生分の葛藤《かっとう》がそこにあったのだろう。

公判は結審した。

もう後戻りはできない。あとは評議の結果待ちだ。裁判官や裁判員がどういう判決を下すかに命運は委ねられている。

「……鷹野さん」

目を開けたまま、鷹野はいつまでもそこに座り込んでいた。

6

気づくと夜になっていた。

法廷を出た後、どこをどう歩いたのかよく覚えていない。

鷹野は白い息を吐き出した。

冷たい。そう思っているといつの間にか、雪が降っている。

足が向いたのは久美子の墓のある師団坂教会だった。

俺は南野を殺すつもりでいた。

拘置所で蒼白《そうはく》となって出て行く杉村を見て何かあったと思い、接見で問い詰めるとあいつは過去の罪について話した。久美子を殺したことをまるで反省する欠片《かけら》もなかった。

安倍川事件は時効だ。久美子の事件も証拠はゼロ。警察の前で自白などするはずもない。あいつに死を与えられるチャンスは、この事件での死刑しかなかった。

あいつに死刑を突きつけ、これまで犯した殺人についても公にぶちまける。そしてこれは南野が望んだことであり、代理人として伝えただけだと嘘をつく。きっと南野は激《げき》昂《こう》して否定するだろう。その醜い姿を世間にしっかり見せつけてやるつもりだった。弁護士としてはそこで終わりだと思っていた。

それなのに何故だろう。

心が揺れたのは久美子の遺したリーガルパッドを見たときだった。

――鷹野くんなら、私よりいい弁護士になれるよ。

ずっと耳に残っていた言葉だった。俺がなぜ弁護士に向いているんだ？　久美子は笑うだけで答えなかった。

――どんな患者さんだって大事にするから、どんな凶悪犯だってぶれずに弁護できるはず。

初めて知った理由だった。

きっと久美子は復讐など望んではいない。俺に弁護士として正義をまっとうして欲しいと願っている。わかっていた。それでもその言葉にくじけたわけじゃない。

迷いはあった。

赦せない気持ちを南野にたたきつけるべきか。弁護士としての使命を全《まっと》うして久美子の思いに添うべきか。だがその選択で俺はどちらもかなえる方法をとろうとした。

死刑は治療だ。

現実に死刑を突きつけることでしか、南野は変われない。これがあいつにとって唯一の更生の道。最終弁論に至るまでその思いでいた。それでも心の中にあったのは、復讐をそんな言葉で肯定しているだけではないのかという後ろめたさだ。

だが最後の最後、死刑を突きつけた後に別の道が見えた。

――南野一翔の口を開かせることは本当に不可能なの？

久美子がそう言った気がした。安倍川事件は時効だが、久美子の事件は時効ではない。

時効が廃止された今、永遠に罪に問える。

南野が無期懲役になった後、あいつの心を治療することができて久美子の事件を自白させられれば、罪に問うことは可能なのだ。それは極めて困難な道だろう。だがそうできてこそ本当の更生であって、正統な手続きをもって死刑が下されることになる。俺はそう思った。

だがその道が正しいのかどうかはまだわからない。

やろうと思えば、判決の時に南野を殺すことは可能なのだ。小型の刃物を何かに仕込んで持ちこみ、首筋に突き立てればいい。幸い弁護人と被告人は法廷ですぐ近くに座っているのだから。

その時、鷹野を呼ぶ声がした。

誰だろう。振りかえると、そこには年配の男性がいた。

久美子の父、雨宮広明だった。

「長い間、すまなかった」

「……雨宮さん」

「ずっと君のことを犯人だと思い、憎んできた。いや、本当はそうじゃない。犯人が見つからない状況に耐えられなかっただけ。娘を失った怒りをぶつける相手が欲しかったんだ」

広明は言った。芽依の訪問を受けたと。彼女は鷹野は犯人じゃないと必死に訴えてくれたという。

「最終弁論を見たよ。鷹野くん、つらかったな」

「俺は何もできませんでした」

今でも後悔がある。俺は二度とないチャンスを逃してしまったかもしれないのだ。

広明は首を横に振った。

「わかっている。全部わかっている。南野一翔。あいつが久美子の仇なんだろ？　だがそれを証明はできないから罪に問えない」

広明は涙を流していた。

「君が弁護士になったのは、今日のためだったんだな」

鷹野は弁護士バッジを取り出して見つめる。

「ありがとう。こんなにあの子を愛してくれて」

嬉しい言葉だった。

愛する人を奪われ、長い長い地獄を味わった者同士だからこそ、その言葉は深く心の芯《しん》にしみわたった。

「どうか弁護士として、これからもたくさんの人々を救ってやって欲しい」

「雨宮さん」

「久美子もそう願っているよ」

広明は鷹野の肩を軽く叩き、姿を消した。

鷹野はしばらく立ち尽くしていた。

弁護士バッジを裏返すと、天秤が刻まれている。

久美子が願っている……か。そうかもしれない。これまで多くの被告人と接し、弁護してきた。感謝され、周りから高い評価も得られるようになった。だが本当の意味で弁護士だったろうか。この事件の結末がどうであれ、今、俺は初めて弁護士になれたのかもしれない。

鷹野は教会を出た。

雪は相変わらず降り続いている。

脳裏に浮かんでいたのは罪を洗いざらい告白した時の南野の醜い顔、そして病院に運ばれてきた時の無残な久美子の姿だ。

弁護士はみんなを治療する。それは正しい。だが……。

鷹野は空を見上げながら思いきり叫んだ。

意味のない咆哮《ほうこう》の中、十字架に降り注ぐ雪を見上げながら心臓に手を当てる。確かに脈を打っている。久美子の思いは今も自分の中に生きている。すべてつながっている。

鷹野は目を閉じ、心臓の鼓動をいつまでも聞いていた。

7

腕時計を見ると、九時四十分を過ぎていた。

芽依はタクシーで警察署に向かっていた。

もうすぐ東京地裁で南野一翔に判決が言い渡される頃だ。鷹野には見に来るなと言われた。他にも仕事は山ほどあるし、おろそかにするなというのだ。その通りだし、言われなくてもよくわかっている。

それでも……。

芽依は目を閉じ、静かにゆっくり息を吐く。今もその余韻が胸に残っている。何という弁論だったのだろう。あの最終弁論はきっと一生忘れない。

鷹野和也。

最初はおかしな人だと思った。実力のある弁護士たちを次々に首にして。こんな人をどうして呼んでしまったんだろうと後悔した。だが彼の過去を知り、弁護士としての姿勢を目のあたりにし、合理性だけで生きている冷たい人間じゃないことがわかった。いや、むしろ鷹野は誰よりも情の深い人だった。

「運転手さん、すみませんけど行き先、変えてもらいたいんですが」

「はあ？」

「警察署じゃなくて、東京地裁に行ってください」

ごめんなさい、鷹野さん。やっぱり私は最後まで見届けたい。

東京地裁に着くと、エレベーターに飛び乗った。

法廷の前にはロープが張られ、傍聴人が並んでいる。報道関係者らしき人たちの姿もあった。今日は判決だけだが、中は満員のようで順番待ちの列ができていた。

見覚えのある後ろ姿があった。

「来てたんですか」

声をかけると、梅津はびくっとなって振り返った。

「芽依ちゃんもか、ははは、来るなって言われたのにな」

あれ、その隣の青年は……。

「杉村さんだけ、中に入れたんです」

桐生だ。何だまた全員来てしまったのか。

「回避できますかね、死刑」

芽依の問いにどうだろうなと、梅津はあごに手を当てた。

むしろ問題は死刑か無期かではない。その判決を受けた南野に対し、鷹野がこれからどう向き合っていくかだ。

法廷の扉が開き、司法記者が何人か出てきた。当たりがざわめき出す。どうだったのだろう。そう思っていると、杉村が出てきた。

「無期懲役だって」

まだ判決理由が述べられている途中のようだが、どうやら南野の死刑は回避されたらしい。

「これでよかったんだよ」

杉村が言った。

「俺もそう思います。鷹野さんはやりとげたんです」

桐生が続けた。梅津もそうだなと相槌《あいづち》を打った。

「誰にでもできることじゃない。鷹野さんは一生かけて治療するって言ってたけどな。余計に苦しみ、絶望するだけかもしれん。それでもあの人はこの道を選んだんだ」

誰もが大きくうなずいた。

やがて鷹野が出てきた。怒られても構わない。今すぐ鷹野の側へ行き、声をかけてやりたい。

だが人ごみに阻まれて近づけずにいると、報道陣が鷹野を取り囲み、インタビューが始まった。

「鷹野弁護士、判決についてどう思われますか」

「妥当な判決だったと思います。死刑を望まれたご遺族の気持ちはよくわかりますが、公正な判断がなされた結果でしょう」

「どこが妥当だ」

ふざけんなと罵声《ばせい》が飛んでいた。傍聴人はきっと正義のつもりなのだろう。遺族の人たちが泣いているのが見える。

「被告人に必要なのは、死刑ではなく治療です」

鷹野は動ずることもなく、受け答えしていた。

「何が治療だよ」

「被害者の気持ちを考えられないんだ」

嫌味がささやかれている。鷹野の気持ちを知りもしないで。怒りを覚えたがぐっと飲みこみ、芽依は鷹野の後を追いかけた。

「鷹野さん」

声をかけるが、鷹野は素っ気なく一瞥《いちべつ》をくれただけだ。走って前に回りこむと、やれやれという表情でため息をついた。

「最終弁論、今も忘れません」

鷹野は苦笑いした。

「不細工な弁論だったろ」

「そうですね」

鷹野はむっとしたようにこちらを向く。芽依は微笑んだ。

「それでも、私は好きです」

鷹野はそうかとそっけなく言った。

「私も鷹野さんのような弁護士になりたいです」

「それより意味もなくこんなところで何を油を売っている」

怒られてしまった。

「はい、すぐに仕事に戻ります」

そのまま、鷹野と別れた。

口に出してから、自分でもあれ、と気づいた。いつの間にか弁護士として目指す姿が、父から鷹野に変わっている。

芽依は足を止めて振り返る。小さくなっていくその背を見つめながら、芽依はリーガルパッドをきつく抱きしめた。

本書は書き下ろしです。

正《せい》義《ぎ》の天《てん》秤《びん》

アイギスの盾《たて》

大《だい》門《もん》剛《たけ》明《あき》

令和2年 8月25日 初版発行
令和5年 4月30日 5版発行

発行者●山下直久

発行●株式会社KADOKAWA
〒102-8177 東京都千代田区富士見2-13-3
電話 0570-002-301(ナビダイヤル)

角川文庫 22275

印刷所●株式会社暁印刷
製本所●本間製本株式会社

表紙画●和田三造

ISBN 978-4-04-109198-2 C0193

◇◇◇

角川文庫発刊に際して

角　川　源　義

第二次世界大戦の敗北は、軍事力の敗北であった以上に、私たちの若い文化力の敗退であった。私たちの文化が戦争に対して如何に無力であり、単なるあだ花に過ぎなかったかを、私たちは身を以て体験し痛感した。西洋近代文化の摂取にとって、明治以後八十年の歳月は決して短かすぎたとは言えない。にもかかわらず、近代文化の伝統を確立し、自由な批判と柔軟な良識に富む文化層として自らを形成することに私たちは失敗して来た。そしてこれは、各層への文化の普及滲透を任務とする出版人の責任でもあった。

一九四五年以来、私たちは再び振出しに戻り、第一歩から踏み出すことを余儀なくされた。これは大きな不幸ではあるが、反面、これまでの混沌・未熟・歪曲の中にあった我が国の文化に秩序と確たる基礎を齎らすためには絶好の機会でもある。角川書店は、このような祖国の文化的危機にあたり、微力をも顧みず再建の礎石たるべき抱負と決意とをもって出発したが、ここに創立以来の念願を果すべく角川文庫を発刊する。これまで刊行されたあらゆる全集叢書文庫類の長所と短所とを検討し、古今東西の不朽の典籍を、良心的編集のもとに、廉価に、そして書架にふさわしい美本として、多くのひとびとに提供しようとする。しかし私たちは徒らに百科全書的な知識のジレッタントを作ることを目的とせず、あくまで祖国の文化に秩序と再建への道を示し、この文庫を角川書店の栄ある事業として、今後永久に継続発展せしめ、学芸と教養との殿堂として大成せんことを期したい。多くの読書子の愛情ある忠言と支持とによって、この希望と抱負とを完遂せしめられんことを願う。

一九四九年五月三日

角川文庫ベストセラー

最後の記憶　綾辻行人

脳の病を患い、ほとんどすべての記憶を失いつつある母・千鶴。彼女に残されたのは、幼い頃に経験したというすさまじい恐怖の記憶だけだった。死に瀕した彼女を今なお苦しめる、「最後の記憶」の正体とは？

Another　(上)(下)　綾辻行人

1998年春、夜見山北中学に転校してきた榊原恒一は、何かに怯えているようなクラスの空気に違和感を覚える。そして起こり始める、恐るべき死の連鎖！　名手・綾辻行人の新たな代表作となった本格ホラー。

霧越邸殺人事件　〈完全改訂版〉(上)(下)　綾辻行人

信州の山中に建つ謎の洋館「霧越邸」。訪れた劇団「暗色天幕」の一行を迎える怪しい住人たち。邸内で発生する不可思議な現象の数々…。閉ざされた〝吹雪の山荘〟でやがて、美しき連続殺人劇の幕が上がる！

深泥丘《みどろがおか》奇談《きだん》　綾辻行人

ミステリ作家の「私」が住む〝もうひとつの京都〟。その裏側に潜む秘密めいたものたち。古い病室の壁に、長びく雨の日に、送り火の夜に……魅惑的な怪異の数々が日常を侵蝕し、見慣れた風景を一変させる。

正義のセ　ユウズウキカンチンで何が悪い！　阿川佐和子

東京下町の豆腐屋生まれの凜々子はまっすぐに育ち、やがて検事となる。法と情の間で揺れてしまう難事件、恋人とのすれ違い、同僚の不倫スキャンダル……山あり谷ありの日々にも負けない凜々子の成長物語。

角川文庫ベストセラー

いつか、虹の向こうへ　伊岡　瞬

尾木遼平、46歳、元刑事。職も家族も失った彼に残されたのは、３人の居候との奇妙な同居生活だけだ。家出中の少女と出会ったことがきっかけで、殺人事件に巻き込まれ……第25回横溝正史ミステリ大賞受賞作。

１４５ｇの孤独　伊岡　瞬

プロ野球投手の倉沢は、試合中の死球事故が原因で現役を引退した。その後彼が始めた仕事「付き添い屋」には、奇妙な依頼客が次々と訪れて……情感豊かな筆致で綴り上げた、ハートウォーミング・ミステリ。

教室に雨は降らない　伊岡　瞬

森島巧は小学校で臨時教師として働き始めた23歳だ。音大を卒業するも、流されるように教員の道に進んでしまう。腰掛け気分で働いていたが、学校で起こる様々な問題に巻き込まれ……傑作青春ミステリ。

代償　伊岡　瞬

不幸な境遇のため、遠縁の達也と暮らすことになった圭輔。新たな友人・寿人に安らぎを得たものの、魔の手は容赦なく圭輔を追いつめた。長じて弁護士となった圭輔に、収監された達也から弁護依頼が舞い込む。

本性　伊岡　瞬

他人の家庭に入り込んでは攪乱し、強請った挙句に消える正体不明の女《サトウミサキ》。別の焼死事件を追っていた刑事の下に15年前の名刺が届き、刑事たちは過去を探り始め、ミサキに迫ってゆくが……。

角川文庫ベストセラー

さあ、地獄へ堕ちよう

菅原和也

SMバーでM嬢として働くミチは、偶然再会した幼馴染から《地獄へ堕ちよう》というWebサイトの存在を教えられる。そのサイトに登録し、指定された相手を殺害すると報酬が与えられるというのだが……。

デッドマン

河合莞爾

身体の一部が切り取られた猟奇殺人が次々と発生した。鏑木率いる警視庁特別捜査班が事件を追う中、継ぎ合わされた死体から蘇ったという男からメールが届く。自分たちを殺した犯人を見つけてほしいとあり……。

見えざる網

伊兼源太郎

「あなたはSNSについてどう思いますか?」街頭インタビューで異論を呈した今光は、混雑した駅のホームで押されて落ちかけた。事件の意外な黒幕とは⁉第33回横溝正史ミステリ大賞受賞作。

神様の裏の顔

藤崎翔

神様のような清廉な教師、坪井誠造が逝去した。その通夜は悲しみに包まれ、誰もが涙した……と思いきや、年齢も職業も多様な参列者たちが彼を思い返すうち、とんでもない犯罪者であった疑惑が持ち上がり……。

虹を待つ彼女

逸木裕

2020年、研究者の工藤は、死者を人工知能化する計画に参加する。モデルは、6年前にゲームのなかで自らを標的に自殺した美貌のゲームクリエイター。謎に包まれた彼女に惹かれていく工藤だったが――。